KB270556

제인
에어
1

일러두기

• 이 책은 Charlotte Brontë, 『*Jane Eyre-An Autobiography*』(Project Gutenberg, 2007)를 참고했습니다.

큰글자 세계문학컬렉션
26

제인 에어 1

샬럿 브론테 지음 ― 진형준 편역

살림

샬럿 브론테

미국의 편집자 에버트 다이킹크(Evert A. Duyckinck)가 영국의 화가 조지 리치먼드(George Richmond)의 그림을 기반으로 그린 1873년 작품.

「브론테 자매 The Brontë sisters」

샬럿 브론테의 남동생인 브랜웰 브론테(Branwell Brontë)가 그린 1834년경 작품. 왼쪽부터 앤, 에밀리, 샬럿의 모습이 그려져 있다. 브랜웰은 에밀리와 샬럿 사이에 자신의 모습을 그렸지만 후에 스스로 지웠다. 브론테 자매는 브론테가의 여섯 남매 중 작가로 활동했던 샬럿 브론테, 에밀리 브론테, 앤 브론테 자매를 말한다. 맏언니 샬럿은 『제인 에어(*Jane Eyre*)』를, 둘째 에밀리는 『폭풍의 언덕(*Wuthering Heights*)』을, 막내 앤은 『아그네스 그레이(*Agnes Grey*)』 등의 유명한 작품을 남겼다. 『제인 에어』는 여성 작가가 여성을 주인공으로 쓴 최초의 소설이다. 샬럿을 포함해 세 자매는 한결같이 여성의 독립적인 삶을 다룬 작품을 썼으며, 당시 여성에 대한 사회적 편견을 의식하여 남성 필명으로 글을 썼다. 이후 그녀들이 여성 작가라는 사실이 알려지자 영국 문학계에 큰 센세이션을 일으켰다.

브론테 목사관 박물관

영국 잉글랜드 요크셔주 호어스에 있는 박물관으로 브론테 가족이 살았던 집을 개조해서 만들었다. 브론테 목사관 박물관에는 브론테 자매가 집필에 사용했던 책상과 의자 등의 가구와 친필 원고 등이 전시되어 있으며 침실과 서재 등이 옛 모습 그대로 남아 있다. 브론테 자매는 세상을 떠날 때까지 대부분의 시간을 이곳에서 보내며 작품을 집필했다. 목사관 근처에는 에밀리 브론테가 쓴 소설 『폭풍의 언덕』의 배경이 된 언덕길이 있다.

콘스탄틴 헤거

빅토리아 시대 벨기에 교사였던 콘스탄틴 헤거(Constantin Heger)의 1865년경 사진. 헤거를 향한 샬럿의 사랑은 1913년 샬럿이 보낸 「편지」가 책으로 출판되면서 처음으로 알려졌다. 샬럿은 헤거에게 2주마다 프랑스어로 「편지」를 보냈는데 답장이 없자 점차 6개월에 한 번 정도로 횟수를 줄여 마음을 정리하려고 노력했다. 현재 남아 있는 「편지」 네 장 중 세 장이 헤거에 의해서 찢어졌지만, 그의 아내가 휴지통에서 조각들을 회수하여 다시 이어 붙였다. 두 사람의 관계가 샬럿의 일방적인 짝사랑이라는 것을 증명하기 위함이라고 전해진다. 후에 헤거 부부의 자식 폴 헤거(Paul Heger)가 이 「편지」를 영국 국립도서관에 기증했다. 헤거는 샬럿의 소설 『빌레트(Villette)』에 큰 영향을 주었으며 『제인 에어』에서 로체스터의 모습으로 등장한다.

제인 에어 1 차례

제인 에어 2 **차례**

『제인 에어』를 찾아서

제1권

제1장

그날은 도저히 산책할 수 없었다. 아침 나절에 한 시간 정도 낙엽이 깔린 관목 숲을 쏘다니긴 했지만, 오후가 되자 매서운 겨울바람에 검은 구름이 몰려오더니 뼛속까지 얼게 만드는 비를 뿌리는 바람에 더 이상 산책 같은 것은 생각할 수도 없었다.

나로서는 그게 좋았다. 나는 오래, 그것도 추운 날 산책하는 것을 싫어했다. 보모 베시의 꾸중을 들어 우울해진 마음에, 외사촌인 일라이저와 존, 그리고 조지아나보다 내 체력이 모자란다는 것을 확인한 채 집으로 돌아온다는 것은 끔찍한 일이기 때문이었다.

그들, 일라이저와 존과 조지아나는 벌써 자기네 엄마를 둘러싸고 있었다. 난롯가 소파에 앉아 자기 아이들에 둘러싸여 있는 리드 부인은 더할 나위 없이 행복해 보였다. 나는 그녀 곁에서 함께 할 권리를 누리지 못했다. 그녀는 내가 좀 더 어린애다운 착한 애가 되려고 노력하는 모습을 보이기 전까지는 그런 특권을 줄 수 없다고 공공연히 말하곤 했다. 내가 "내가 무슨 못된 짓을 했다고 베시가 그러던가요?"라고 물으면, 외숙모는 아직 어린 주제에 따지고 대드는 걸 보면 정말 못된 애라고 일침을 놓았다.

응접실 옆에는 작은 식당이 있었다. 나는 살그머니 식당으로 들어갔다. 식당에는 책장이 하나 있었다. 나는 그림책을 한 권 집어 들고 창가로 가서 걸상 위에 쪼그리고 앉았다. 거기 앉아 빨간 커튼을 내리니, 이중으로 된 은신처에 숨어 있는 셈이 되었다.

그렇게 무릎 위에 책을 올려놓고 보고 있으면 나는 나름대로 행복했다. 나의 이 즐거움을 누가 방해하면 어쩌나 하는 것이 유일한 걱정이었는데, 그런 훼방꾼이 너무나 빨리 나타났다. 식당 문이 열리더니 존이 소리쳤다.

"이 불평꾼이 도대체 어디 간 거야! 비가 오는데 밖에 나간 거야, 뭐야? 조지! 엄마한테 일러!"

존 리드는 열네 살짜리 학생으로 열 살인 나보다 네 살이 많았다. 그는 나이에 비해 키도 컸고 힘도 셌지만 건강하지 못했다. 피부는 칙칙했으며 얼굴은 두툼하고 펑퍼짐했다. 밥 먹을 때 어찌나 게걸스럽게 먹어대는지 바로 그 때문에 혈색이 누렇고 눈알이 뿌옇게 흐린데다 뺨도 축 늘어져 있는 것만 같았다. 몸이 허약하다는 이유로 제 엄마가 학교에서 집으로 데려온 지 벌써 두 달이나 되었다. 닥치지 않고 이것저것 마구 먹어대서 몸이 고장난 것인데, 제 엄마는 너무 공부를 열심히 한데다 집이 그리워서 병이 난 것이라고 했다.

존은 어머니나 누이를 별로 좋아하지 않았고 내게는 거의 적대적이었다. 그는 1주일에 한두 번이나 하루에 한두 번 정도가 아니라, 정말로 끊임없이 나를 못살게 굴었다. 하지만 내 억울함을 어디에도 호소할 길이 없었다. 하인들은 나를 보호해주다가 공연히 어린 주인의 비위를 건드리는 일을 하려 하지 않았고 외숙모 리드 부인은 이 문제에 관한 한 소경이고 귀머거리였다.

존이 나를 보자 주먹부터 날리더니 내게 물었다.

"너 그 커튼 뒤에서 뭐 한 거냐?"

"책 읽고 있었어."

"네가 왜 우리 집 책을 꺼내 읽는 거냐? 엄마가 너는 우리 집에 빌붙어 산다고 했어. 너는 돈이 없어. 네 아버지가 너를 위해 돈을 남겨놓지 않았으니까. 너는 구걸하며 살아야지 우리 집 같은 데서 함께 살 자격이 없어. 내 책장을 뒤적였으니 맛을 보여주지. 이 책은 전부 내 것들이고 이 집도 내 거야. 최소한 몇 년 후에는 그렇게 될 거야. 자, 거울과 창문 옆에서 비켜 서."

나는 그가 무슨 짓을 하려는 것인지 짐작도 하지 못한 채 시키는 대로 했다. 순간 그가 책을 집어 들고 내게 던지려는 자세를 취했다. 나는 그제야 위기를 느끼고 몸을 피하려 했지만 이미 늦었다. 날아온 책에 맞아 쓰러지면서 문에 머리를 부딪혔다. 상처에서 피가 흘렀고 쿡쿡 쑤셔왔다. 처음에는 무서웠지만 공포감이 절정에 이르자 다른 감정이 공포감의 뒤를 이었다. 나는 그에게 달려들었다.

"이 심술궂고 나쁜 놈! 노예 감독 같은 놈! 로마 폭군 같은 잔인한 놈!"

그가 내게 달려들더니 내 머리끄덩이와 어깨를 낚아챘다. 머리에서 목덜미로 핏방울이 흘러내리자 나도 악에 받쳐 그와 싸웠다. 나는 내 손이 어떤 짓을 하는지도 몰랐다. 존은 "이 나쁜 년! 이 쥐새끼 같은 년!"이라고 욕을 해댔다. 그가 외치는 소리를 듣고 그의 원군들이 곧 달려왔다. 보모 베시가 몸종 하녀 애벗을 데리고 나타난 것이다. 이들은 존과 나를 떼어내며 이렇게 말했다.

"어머, 세상에! 존 도련님에게 달려들다니! 세상에 무섭기도 해라!"

"이렇게 무섭게 미쳐 날뛰는 꼴은 본 적이 없어!"

이어서 곧 가세한 리드 부인이 말했다.

"어서 저것을 붉은 방에 갖다 가둬."

즉시 네 개의 손이 나를 붙잡았으며 나는 2층으로 끌려갔다. 나는 약간은 넋이 나간 상태에서 계속 반항했다.

제2장

　　붉은 방은 거의 사용하지 않는 여분의 방이었다. 이 게이츠헤드 장에 사람들이 갑자기 엄청나게 몰려들어 모든 방을 총동원해야 하는 경우가 아니라면 결코 침실로 사용하지 않는 방이었다. 이 저택에서 가장 크고 화려한 이 방을 사용하지 않는 데는 이유가 있었다. 나의 외삼촌인 리드 씨가 9년 전에 바로 이 방에서 눈을 감은 것이다. 이 방에 시체가 안치되고 장의사의 손에 관이 들려 나갔다. 이후 이 방은 뭔가 속세와 다른 기운이 압도하고 있는 것 같아서 사람들의 발길이 끊긴 것이었다.

　　붉은 방은 난롯불을 지피는 일도 거의 없어서 늘 냉기가 감돌았고 애들 방과 부엌에서 멀리 떨어져 있어 적막했다. 게다가 아무도 드나들지 않으니 뭔가 엄숙한 분위기마저 풍겼다.

처음에는 그들이 나를 가둔 후 방문을 잠근 줄 몰랐다. 겨우 정신을 차리고 일어날 힘이 생기자 나는 문으로 가서 확인해보았다. 아아, 그 어떤 큰 죄를 지었더라도 이토록 엄중하게 갇히지는 않으리라!

나는 다시 의자로 돌아오면서 거울에 비친 내 모습을 흘낏 보았다. 그 차가운 거울 속에서 하얀 얼굴의 낯선 계집아이가 나를 바라보고 있었다. 모든 것이 정적에 휩싸인 가운데 공포에 질린 두 눈만이 빛을 발하며 움직이고 있는 것이, 베시가 말해준 옛날이야기 속에 나오는, 반은 요정이고 반은 악마인 유령 같았다.

나는 공포감에 사로잡혔지만 내 피는 아직 뜨거웠다. 내 속에서는 반항심에 사로잡힌 노예의 증오심이 불타고 있었다. 존 리드가 부렸던 온갖 포악한 행패들, 그 누이들이 보인 오만한 쌀쌀함, 그들의 어머니가 내게 노골적으로 드러내는 혐오감, 집안 모든 하인의 편파적 태도 등이 마치 물속에 가라앉아 있다가 표면으로 떠오른 침전물처럼 생생하게 떠올랐다.

'왜 나만 매일 힘들어해야 하지? 왜 나만 매일 야단맞고, 욕먹고, 벌 받는 거지? 왜들 다 나를 마음에 들어하지 않는 거지?

왜 귀여움을 받으려고 애써도 소용이 없는 거지? 일라이저는 고집불통에 이기적인데도 존중받고, 조지아나는 버릇도 없고 질투쟁이인데다가 건방진데도 모두 귀여워하잖아. 존이 비둘기의 목을 비틀거나 공작 새끼를 죽여도, 귀중한 나무 꽃봉오리를 마구 따내도 아무도 뭐라고 그러지 않잖아. 그런데 나는 이게 뭐야? 나는 감히 잘못을 저지를 엄두도 못 내고 온종일 해야 할 일을 힘들여 해내는데도 늘 버릇없고 귀찮고 퉁명스러운 아이라는 타박만 받고 지내잖아.'

내 마음속에 결의 비슷한 것이 생겼다. 그날 벌어진 모든 일에 자극되어 나는 어린애답지 않게 속으로 절규를 토했다.

'이대로는 안 돼! 뭔가 해야 해. 여기서 도망가거나 밥을 안 먹고 굶어 죽거나 해야 해!'

하지만 그런 용기는 곧 꺾이고 말았다.

'굶어 죽어? 그건 죄악이잖아. 내가 죽을 준비나 되어 있나? 게다가 성당 아래 지하 납골당이 마음에 드는 곳도 아니잖아. 거긴 좀 무서워.'

그 생각을 하다보니 문득 그 지하 묘지에 외삼촌 리드 씨가 묻혀 있다는 데 생각이 미쳤다. 외삼촌에 대해 아는 건 하나도 없었다. 다만 내가 고아가 되었을 때 나를 이리로 데려왔다는 것, 임종하면서 부인에게 나를 친자식처럼 맡아 키우라고 했다는 것만은 알고 있었다.

그러자 전에 하지 못했던 한 가지 생각이 불현듯 내게 떠올랐다. 외삼촌이 살아 있었다면 분명 내게 따뜻하게 대해주었으리라는 것을 나는 한 번도 의심해본 적이 없었다. 그러자 외삼촌의 망령이 이 방에 와 있을지도 모른다는 생각이 들었다.

'그래, 이렇게 핍박받고 있는 나를 도와주기 위해, 부당한 사람들을 벌주기 위해 이곳에 와 있을 거야.'

그 생각은 내게 위안이 되기도 했지만 동시에 무섭기도 했다. 그때였다. 뭔가 불빛 한 점이 벽 위에서 반짝 빛났다. 이리저리 움직이는 게 분명 달빛은 아니었다. 지금 생각해보면 분명 정원에서 누군가 들고 있던 램프 불빛임이 틀림없었지만 어린 내게는 분명 저승에서 찾아온 유령이었다.

내 심장이 빠르게 뛰기 시작했고 머리가 달아올랐다. 이어서 가슴이 답답해지고 숨이 막혔다. 나는 더 이상 참고 견딜 수 없어서 문 쪽으로 달려가 비명을 지르며 필사적으로 잠긴 문을 흔들었다. 잠시 후 복도에서 발소리가 들리더니 열쇠 돌리는 소리가 났고 문이 열렸다. 베시와 애벗이었다.

그들을 보자 내가 소리를 질렀다.

"여기서 내보내줘! 내 방으로 데려가달란 말이야!"

베시가 물었다.

"아니 왜 그렇게 끔찍하게 소리를 지르는 거예요? 왜요? 어디 다쳤어요? 뭔가 보기라고 했어요?"

"그래, 빛이 보였어! 유령이 나왔단 말이야!"

그러자 애벗이 말했다.

"흥, 일부러 소리 지른 게 틀림없어. 우리를 부르려고 잔꾀를 부린 거야."

그때 거만한 목소리가 들렸다.

"도대체 웬 소동이야?"

리드 부인의 목소리였다. 그녀가 이어서 말했다.

"베시, 애벗, 내가 올 때까지 제인을 붉은 방에 가둬두라고 했을 텐데."

그러자 베시가 변명했다.

"그게 아니라, 제인 아가씨가 너무 비명을 질러서 이렇게 됐습니다, 마님."

"애들이 술수를 부리는 건 질색이야! 넌 앞으로 한 시간 더 이 방에 있어야 한다."

내가 매달리듯 그녀에게 사정했다.

"외숙모, 제발! 제발, 용서해주세요. 다른 벌은 뭐든지 받겠어요. 전 죽을지도 몰라요, 만약……."

"입 닥치지 못해! 그런 짓거리는 이제 정말 지긋지긋하다."

외숙모는 정말 그렇게 느꼈을 것이다. 그녀가 보기엔 내가 조숙한 여배우 같았을 것이다. 그녀에게 나는 표독스러운 성격에 천박한 근성과 이중인격이 마구 뒤섞인 위험한 존재로 보였을 것이다.

베시와 애벗이 사라지자 리드 부인은 미친 듯 괴로워하며 흐느끼는 나를 방 안으로 떠밀어 넣고는 문을 잠가버렸다. 그러고는 곧바로 사라졌다. 이후 나는 아마 의식을 잃었던 것 같다. 그 후의 일이 하나도 생각나지 않는다.

제3장

정신을 차리자 마치 악몽에서 깨어난 것 같은 기분이었다. 나는 내 침대에 누워 있었다. 밤이었고 탁자 위에는 초 한 자루가 타고 있었다. 베시가 대야를 든 채 침대 발치에 서 있고 웬 낯선 이가 내 머리맡 의자에 앉아 나를 내려다보고 있었다.

게이츠헤드 장에 살지 않는 낯선 사람이 곁에 있다는 사실에 이루 말할 수 없는 안도감을 느꼈다. 눈을 돌려 그 사람의 얼굴을 찬찬히 살펴보았다. 내가 아는 사람이었다. 하인들이 병이 나면 외숙모가 부르곤 하던 약제사 로이드 씨였다. 그녀는 자기가 아프거나 아이들이 병에 걸리면 의사를 불렀다.

그가 내게 물었다.

"왜 이렇게 병이 난 거지?"

그러자 옆에 있던 베시가 나 대신 말했다.

"넘어져서 그렇게 됐어요."

나는 그 말을 듣고 자존심이 상해서 말했다. 내가 한두 살인가! 넘어져서 정신을 잃다니!

"나는 얻어맞고 쓰러진 거예요. 하지만 그것 때문에 아픈 건 아녜요."

그때 하인들의 식사 시간이 되었음을 알리는 종이 울렸고 베시는 방에서 나갔다. 단둘이 남게 되자 로이드 씨가 내게 다시 물었다.

"넘어져서 그런 게 아니라 이거지? 그렇다면 왜 아픈지 말해줄래?"

"유령이 나오는 방에 갇혀 있었어요. 깜깜한 밤이 될 때까지요. 돌아가신 외삼촌 유령이 그 붉은 방에서 나와요."

그러자 로이드 씨가 웃으면서 동시에 얼굴을 찌푸렸다.

"그것 때문에 아픈 거야? 다른 건 없어?"

아, 그 질문에 충분히 대답할 수 있었다면! 내가 느끼고 있던 것을 제대로 표현할 수만 있었다면! 하지만 나는 아직 어렸다. 겨우 이렇게 대답했을 뿐이었다.

"내게는 아버지도 엄마도 없고 언니, 오빠, 동생도 없어요."

"하지만 너를 잘 대해주는 외숙모와 사촌들이 있잖아."

나는 약간 주저하며 힘들게 말했다.

"나를 때린 게 바로 존이에요. 외숙모가 날 그 방에 가뒀고요."

그가 잠시 생각에 잠기더니 말했다.

"그러면 외숙모 말고 다른 친척은 없니?"

"없는 것 같아요. 한번 외숙모에게 물어봤더니 에어라는 성(姓)을 가진 친가 쪽 친척이 있을지도 모른다고 했어요. 하지만 집안이 천하고 가난하다는 것밖엔 모른다고 했어요. 거지 같은 친척이라고 했어요. 나는 거지가 되고 싶지는 않아요."

그러자 그가 불쑥 말했다.

"그렇다면 너 학교에 가고 싶지는 않니?"

나는 곰곰이 생각해보았다. 학교가 어떤 곳인지 나는 거의 알지 못했다. 베시의 말에 따르면 여자아이들이 굴레를 쓴 채 로봇처럼 얌전히 있어야 하는 곳이 학교라고 했다. 존 리드는 학교를 무지무지 싫어했고 자기 선생님 욕을 했지만 그가 기준이 될 수는 없었다.

그때 내게 이런 생각이 떠올랐다.

'그래, 학교가 어떤 곳인지는 잘 모르겠지만 어쨌든 모든 게 확 바뀌겠지. 긴 여행 같은 것일 테고, 게이츠헤드 사람들과 결별할 수 있게 될 거야. 새롭게 살아갈 수 있게 될 거야.'

나는 다시 한 번 곰곰 생각한 끝에 로이드 씨에게 대답했다.

"정말로 학교에 가고 싶어요."

그러자 로이드 씨가 자리에서 일어나며 말했다.

"그래, 앞으로 어떤 일이 벌어질지 누가 알겠니?"

그러면서 그가 혼잣말을 했다.

"이 애에게는 환경을 바꿔줄 필요가 있어. 심리 상태가 정상이 아니야."

그때 베시가 방으로 들어왔고 마당 자갈길에서 마차 소리가 들렸다. 로이드 씨가 베시에게 물었다.

"베시, 마님이 돌아오신 건가? 마님에게 할 말이 좀 있어."

그날 로이드 씨는 외숙모에게 나를 학교에 보내자고 제안했고 그 제안은 즉시 받아들여졌음이 틀림없었다. 바로 그날 밤, 아이들 방에서 바느질하고 있던 베시와 애벗이 내가 잠든 줄 알고 나눈 대화를 들었던 것이다.

애벗이 말했다.

"마님 말씀이 이런 못된 아이를 안 보게 돼서 너무 잘됐다고 하셨어요."

그녀는 내가 잠든 줄 알고 나에 관한 이야기를 계속했고 나는 생전 처음 나의 부모님에 관한 이야기를 듣게 되었다. 애벗 말에 따르면 나의 아버지는 가난한 성직자였다. 어머니는 신분이 안 맞는다는 주변의 반대를 무릅쓰고 아버지와 결혼하셨다. 몹시 노한 외할아버지는 딸에게 단 한 푼도 주지 않은 채 쫓아내셨다. 결혼한 지 1년 후에 아버지는 가난한 사람들을 방문했다가 당시 유행하던 티푸스병에 걸려 돌아가셨고 어머니도 그 병에 전염되어 한 달 후에 돌아가셨다는 것이다.

에벗의 이야기가 끝나자 베시가 말했다.

"가엾은 제인 아가씨! 정말 불쌍해!"

이 집안에서 그래도 베시만이 내심 내 편을 들어주고 있었다. 그러자 애벗이 말했다.

"그럴지도 모르죠. 하지만 좀 예쁘기만 했어도 사람들이 불쌍해했을 거예요. 하지만 저렇게 두꺼비처럼 못생긴 아이를 누가 염려해주겠어요?"

제4장

　　나는 내가 학교에 가게 되기를, 그래서 내 삶에 변화가 오기를 막연히 기다리며 똑같은 나날을 보내고 있었다. 일라이저와 존과 조지아나는 여전히 나를 괴롭혔고, 나는 지지 않고 그들에게 대들었으며 그럴 때마다 외숙모에게 야단을 맞았고 베시의 훈계를 들었다. 그녀의 훈계를 들으며 나는 양갓집 아이 중에 가장 성질 못된 고약한 아이라고 스스로도 믿게 되었다.

　　그렇게 11월, 12월, 그리고 1월의 절반이 지나갔다.

　　1월 15일 오전 9시쯤이었다. 베시가 계단을 뛰어올라 아이들 방으로 황급히 들어오며 내게 말했다.

　　"제인 아가씨, 어서 에이프런을 벗어요. 세수는 했어요?"

나는 창가에 서서 새들에게 먹이를 주기 위해 에이프런을 하고 있었다. 나는 창문을 닫으며 그녀에게 대답하려 했다. 하지만 대답할 필요도 없었다. 그녀는 너무 급했는지 내 대답도 기다리지 않고 나를 세면대로 끌고 가더니, 인정사정없이 내 얼굴을 씻기기 시작했다. 그리고 억센 빗으로 내 머리를 빗기더니 에이프런을 벗겼다.

그런 후 그녀는 나를 계단 쪽으로 데려가더니 식당에서 누군가 나를 기다리고 있으니 얼른 내려가보라고 했다. 누가 나를 기다리고 있느냐고 물어보려 했지만 베시는 이미 가버린 후였다. 나는 천천히 계단을 내려갔다. 외숙모는 지난 석 달 동안 나를 부른 적이 없었다. 나는 그동안 애들 방에 거의 갇히다시피 지냈기에 내게 아래층 식당이나 거실은 들어가기 두려운 곳이었다.

문이 열리자 무언가 검은 기둥 같은 것이 내 시야를 가로막았다. 양탄자 위에 검은 옷을 입은 채 똑바로 서 있는 사람의 실루엣이 적어도 처음에는 그렇게 보였다. 리드 부인은 평소처럼 난롯가에 앉아 있었다. 그녀는 내게 다가오라고 손짓하더니 석상 같은 그 사람에게 말했다.

"얘가 말씀드린 아이입니다."

그는 천천히 나를 향하여 고개를 돌리더니 마치 심문이라도 하듯이 나를 뚫어지게 바라보았다. 텁수룩한 눈썹 아래 회색 눈이 마치 나를 꿰뚫듯이 반짝이고 있었다.

그가 나에게 단도직입적으로 물었다.

"제인 에어, 넌 착한 애니?"

나는 그렇다고 대답할 수 없어 아무 말도 없이 있었다. 적어도 내 주변 사람들은 아무도 그렇게 생각하지 않으니 도리가 없었다. 외숙모가 나 대신 대답해주었다.

"그 이야기는 더 이상 하지 않는 게 나을 겁니다, 브로클허스트 선생님."

"거참 유감이로군요. 제가 잠시 이 꼬마 아가씨와 이야기를 나누어야겠습니다."

그는 외숙모 옆 안락의자에 몸을 묻더니 나에게 가까이 오라고 말했다.

나는 앞으로 걸어갔다. 그의 얼굴이 바로 내 코앞에 있었다. 오, 얼마나 큰 얼굴인가! 코는 또 얼마나 크며 그 입은! 오, 너무나 큰 그 뻐드렁니!

"심술궂은 아이를 만난다는 것처럼 마음이 아픈 건 없어. 게다가 계집아이라니! 너 심술궂은 애들이 죽은 후에 어디로 가는지 아니?"

나는 조금도 망설이지 않고 정답을 말했다.

"지옥이요."

"지옥이 어떤 곳이지?"

"불꽃이 이글거리는 구덩이지요."

"그래, 거기 빠져서 영원히 불에 타고 싶니?"

"아뇨."

"그렇게 되지 않으려면 어떻게 해야 하는지 알고 있겠지?"

나는 잠시 생각에 잠긴 후 대답했다. 그가 문제 삼을 만한 대답이었다.

"건강을 유지해서 죽지 않으면 됩니다."

그러자 그가 즉각 내게 말했다.

"너보다 어린 애들이 매일 죽는다. 얼마 전에도 다섯 살짜리 사내아이를 내가 땅에 묻었지. 그 애는 착해서 그 애 영혼은 천국에 갔다. 네가 지금 그 애랑 똑같은 일을 겪더라도 네 영혼이 천국에 갔다고 말할 사람은 없을걸."

나는 그의 발에 눈을 고정한 채 한숨을 쉴 수밖에 없었다. 어디론가 멀리 가버리고만 싶었다. 그러자 그가 기회를 놓치지 않고 말했다.

"네 마음에서 나온 한숨이기를 바란다. 그리고 네게 은혜를 베풀어주신 은인께 매일 걱정을 끼쳐드린 걸 반성해야 한다."

나는 속으로 생각했다.

'외숙모가 은인이라고! 그렇다면 은인이란 건 나쁜 사람을 말하는 거네.'

그때 내 귀에 외숙모의 말소리가 들렸다.

"선생님, 3주 전에 보내드린 「편지」에서 이 아이는 제가 원하는 성격이나 기질을 전혀 갖고 있지 않다고 말씀드렸지요? 저 애가 로우드 학교에 입학하게 되면 선생님들이 저 애를 잘 감시하시도록 부탁하고 싶어요. 특히 남을 잘 속이는 게 저 애의 가장 큰 결점이랍니다."

그러더니 그녀는 나를 보고 말했다.

"제인, 내가 이 말을 하는 건, 네가 브로클허스트 선생님까지 속이는 짓을 하지 않게 하기 위해서다."

낯선 사람 앞에서 나를 그렇게 비난하다니! 어린 나이에도 나는 크게 상처를 입었다. 그것은 마치 내가 새롭게 맞이할 세계에서도 희망을 품을 수 없다는 선언과도 같았다.

브로클허스트 씨가 외숙모의 말을 받았다.

"어린아이가 남을 속이려 하다니 정말 걱정스럽군요. 저 애를 잘 감시하겠다고 약속드리지요. 템플 선생과 다른 선생님들에게도 말해놓겠습니다."

그러자 나의 은인께서 그의 말을 받았다.

"저 애에게 알맞게 교육을 해주시기 바랍니다. 겸손하고 쓸모 있는 애로 만들어주세요. 선생님께서 괜찮으시다면 방학 때도 학교에 머물게 해주세요. 이른 시일 내에 아이를 학교로 보내겠어요. 제가 맡고 있던 너무나 귀찮은 의무에서 한시라도 빨리 벗어나고 싶거든요."

브로클허스트 씨는 외숙모에게 예를 다해 인사한 후 그곳을 떠났고 응접실에는 나와 외숙모만 남았다.

둘 다 아무 말 없는 가운데 몇 분이 흘렀다. 그녀는 바느질하고 있었고 나는 그녀를 새삼 유심히 살펴보았다. 서른여섯이나 서른일곱쯤 되었을 그녀는 튼튼한 체격이었으며 통통하게 살이 올라 있었다. 도무지 병이라고는 근처에는 얼씬도 못할 것 같은 강건한 외모로, 집안 하인들과 소작인들을 완전히 장악하고 있었다. 오직 아이들만 가끔 엄마의 권위를 무시했을 뿐 그녀는 그녀 주변의 모든 사람에게 군림했다. 그녀의 모습을 바라보면서 어린 내 마음은 부글부글 끓었다. 조금 전에 나를 두고 그녀와 브로클허스트 씨 사이에 오간 말들이 한 마디 한 마디 내 가슴을 찔렀다.

내가 여전히 거기 서 있는 것을 본 그녀가 바느질을 멈추고 나를 보며 명령조로 말했다.

"이제 그만 애들 방으로 가보거라."

그녀의 말에 짜증이 배어 있었다. 나는 무언가 말을 해야 했다. 그렇게 짓밟혀왔으니 앙갚음을 해야 했다. 하지만 어떻게? 적과 맞설 힘이 과연 내게 있는 것일까? 잠시 고개를 숙이고 가만히 있다가 나는 온 힘을 다해 그녀에게 내뱉었다.

"나는 남들을 속이는 애가 아니에요. 내가 그런 아이였다면 외숙모를 좋아한다고 말했을 거예요. 하지만 나는 존을 빼놓고는 외숙모가 이 세상에서 제일 싫어요. 외숙모가 나랑 한 핏줄이 아니어서 다행이에요. 내가 어른이 되면 결코 외숙모를 보러 오지 않을 거예요. 누군가 내게 외숙모를 좋아하느냐고, 외숙모가 내게 잘해주었느냐고 물으면 생각만 해도 메스껍다고, 내게 정말 가혹했다고 말할 거예요. 사람들은 외숙모가 제 은인이라고 말하지만 외숙모는 인정머리라고는 없는 사람이에요. 남들을 속이는 사람은 외숙모예요!"

그렇게 속에 있는 말을 쏟아내자 내 영혼 속에 이제까지는

맛보지 못했던 해방감과 승리감이 부풀어 올랐고 나는 거기에
취했다. 마치 나를 옥죄고 있던 눈에 보이지 않는 결박이 갑자
기 풀리며 자유로워진 기분이었다.

갑자기 터져 나온 내 항변에 외숙모는 놀라다 못해 겁에 질
린 것 같았다. 그녀의 무릎에서 바느질감이 흘러내려 바닥에
떨어졌다. 그녀는 양손을 들어 올리고 몸을 좌우로 흔들었다.
마치 울음이라도 곧 터질 것처럼 얼굴을 잔뜩 찌푸렸다.

그녀가 더듬더듬 말했다.

"제인, 도대체 왜 그러는 거니? 왜 그렇게 몸을 떨고 있는 거
야? 나는 네 친구가 되고 싶을 뿐인데."

아마 지금까지 그녀 입에서 나온 말 중에 가장 다정한 말이
었을 것이다. 하지만 나는 조금도 흔들리지 않았다.

"저는 외숙모와 친구가 되고 싶은 생각 전혀 없어요. 브로클
허스트 씨에게 제가 아주 못된 애라고 말씀하셨죠? 제가 남들
을 속이는 애라고 말씀하셨죠? 전 남들을 속일 생각 없어요.
외숙모가 아주 못된 사람이라고 정직하게 말할 거예요."

그녀가 다시 부드러운 목소리로 말했다.

"제인, 넌 잘못 알고 있는 거야. 어린아이들의 결점은 고쳐야
만 하는 거야. 그건 아직 네가 어려서 몰라."

제4장

35

그러자 나는 소리를 질렀다.

"제 결점이요? 남을 속이는 결점은 제게 없어요! 저를 빨리 학교에 보내줘요. 저는 이 집이 싫어요!"

그러자 외숙모는 "나도 정말 너를 한시라도 빨리 거기 보내고 싶단다"라고 혼잣말하듯 중얼거리더니 바느질감을 챙겨 황급히 방에서 나갔다.

나는 전쟁터의 승리자가 되어 홀로 남았다. 지금까지 결코 치러본 적이 없던 격렬한 싸움이었으며 처음 거둔 승리였다. 나는 얼굴에 웃음을 띤 채 의기양양했다. 하지만 승리감은 곧 수그러들었다. 어린아이들은 어른들에게 대들거나 속에서 치솟는 화를 마구 뿜어낸 후에는 결국 후회에 사로잡히게 되어 있는 법이다. 나는 반 시간 정도 거기 홀로 서 있었다. 곧 내가 어떤 미친 짓을 했는지 깨닫기 시작했고, 내가 외숙모를 미워하고 있는 만큼 그녀도 나를 미워하고 있다는 내 처지를 생각하고 슬퍼지기 시작했다.

나는 난생처음으로 복수의 맛을 보았다. 마치 향기로운 포도주처럼 입 안에 흘려 넣는 맛이 달콤하기 그지없었다. 그러나 그 뒷맛은 마치 쇠붙이나 뭔가 썩은 것을 입에 넣은 것 같았고 독극물을 마신 것 같았다. 나는 당장에라도 외숙모에게 달려가 잘못했다고 빌고 싶었다. 하지만 만일 그렇게 된다면 그녀가 나를 전보다 곱절 이상 미워하고 냉대하리라는 것을 본능적으로 알고 있었다.

나는 얼마 후 식당 문을 열고 밖으로 나왔다. 숲은 아직 정적에 싸여 있었으며 사방 천지에 서리가 내려 있었다. 쓸쓸한 기분에 젖어 아무도 없는 숲을 거닐었다. 몹시 어두컴컴한 날이었다.

그때였다. 나를 부르는 낭랑한 목소리가 들렸다.

"제인 아가씨, 어디 있어요. 점심 먹어야지요."

베시였다. 그녀의 목소리를 듣고도 내가 제자리에 꼼짝 않고 있자 그녀가 잰걸음으로 내게 다가와서 말했다.

"이런 말썽꾸러기 아가씨 같으니라고! 제인 아가씨, 왜 불러도 오지 않아요?"

베시는 평소와 마찬가지로 내게 성질을 부리고 있었지만, 그녀가 나타나니 비로소 우울했던 생각에서 벗어나 기분이 좀 밝아졌다. 나는 그녀의 목을 두 팔로 감싸며 말했다.

"베시, 그렇게 야단치지 마."

전에는 해본 적이 없는 솔직하고 대담한 행동이었다. 베시는 그런 내 행동이 싫지 않은 것 같았다. 그녀가 나를 내려다보며 말했다.

"제인 아가씨는 정말 이상한 사람이야. 곧 학교로 간다지요? 그런데 베시랑 헤어지는 게 슬프지도 않아요?"

"언제 내 생각해주기나 했어? 매일 야단만 쳤으면서……."

"이런 바보! 암튼, 아가씨가 부당한 대우를 받은 건 사실이죠. 자, 좋은 소식이 있어요. 오늘 오후에 마님과 아가씨들과 존 도련님이 외출한대요. 제인 아가씨는 나랑 차를 마셔요. 요리사에게 과자를 구워달라고 할게요. 그런 후 함께 아가씨 장롱 서랍을 정리해요. 아가씨의 여행 가방을 빨리 챙겨야 해요. 마님께서 하루나 이틀 내로 게이츠헤드 장에서 아가씨를 내보내실 거래요."

"베시, 내가 떠날 때까지는 나를 절대로 야단치지 않겠다고 약속해줘."

"그럼, 약속하고말고요. 그 대신 얌전해야 해요. 그리고 제발 나를 무서워하지 마세요. 그게 나를 화나게 한다니까. 세상 어디를 가더라도 당당해야 해요."

그녀가 몸을 숙이자 우리는 서로 끌어안고 입맞춤을 했다. 나는 흐뭇한 기분으로 집 안으로 들어갔다. 그날 오후는 정답고 평화로운 가운데 지나갔다. 밤이 되자 베시는 정말 재미있는 이야기를 몇 개 해주었고 굉장히 듣기 좋은 노래를 불러주었다. 나 같은 사람의 삶에도 따사로운 햇볕이 비추고 있었다.

제5장

　　1월 19일 아침 5시에 베시가 촛불을 들고 내 방으로 왔다. 나는 이미 준비를 다 마치고 있었다. 그날 아침 6시에 나는 게이츠헤드 장 문지기의 집 앞을 지나는 역마차를 타고 게이츠헤드 장을 떠나기로 되어 있었다.

　　베시가 내게 따뜻한 아침 식사를 차려주었지만, 여행을 앞두고 흥분해 있던 나는 우유 한 모금도 넘기지 못했다. 그녀는 여행 중에 먹으라며 비스킷을 종이에 싸서 가방에 넣어주었다. 전날 저녁 외숙모가 아침에 깨우지 말고 그냥 떠나라고 했기에 아무에게도 작별 인사를 하지 않은 채 게이츠헤드 장을 나섰다. 나는 게이츠헤드를 향해, "게이츠헤드야, 안녕!"이라고 말했다.

달은 지고 사방은 칠흑같이 어두웠다. 베시가 들고 있는 랜턴 불빛만이 우리가 걸어가는 계단과 자갈길을 비추고 있을 뿐이었다. 눈이 녹아 땅은 질퍽질퍽했다. 너무 추운 겨울 날씨여서 바쁜 걸음으로 마당 자갈길을 걸어가는 동안 이빨이 딱딱 맞부딪혔다.

얼마 후 문지기 집의 불빛이 보였다. 전날 갖다 놓은 내 트렁크는 끈에 묶여 문 앞에 놓여 있었다. 6시가 되기 3분 전이었고 이윽고 정확히 6시가 되자 역마차가 도착했다. 마부는 트렁크를 마차 안에 던져 넣은 후 베시의 목에 매달린 나를 떼어냈다. 내가 마차에 오르자 문이 쾅 닫히고 이윽고 마차는 출발했다. 이리하여 나는 베시와, 게이츠헤드와 헤어지고 미지의 신비스러운 나라로 향했다.

그 여행에 대해서는 거의 기억나는 것이 없다. 다만 도저히 끝이 날 것 같지 않을 만큼 긴 하루였다는 것, 여러 마을을 지났다는 것만 어렴풋이 기억날 뿐이다. 그 여행 도중 내내 아무것도 먹지 못했다. 도중에 어느 여관인가에 내려 승객들이 모두 점심을 들었을 때도 나는 아무것도 입에 넣지 못했다.

어느덧 황혼이 찾아오고 덜컹거리는 마차 바퀴 소리와 바람

소리를 자장가 삼아 설핏 잠이 들었을 때였다. 마차가 갑자기 멈추었고 나는 잠에서 깨어났다. 마차 문이 열리자 하녀처럼 보이는 여자가 문 앞에 서서 마차 안을 향해 외쳤다.

“여기 제인 에어라는 여자아이 없어요?”

내가 “저예요”라고 대답하자 사람들이 마차에서 나와 트렁크를 내려주었고 마차는 곧바로 떠났다.

온종일 먹은 것도 없는데다 날씨가 추워 몸이 덜덜 떨려왔다. 칠흑같이 어두웠지만 눈앞에 건물들이 보였다. 우리는 열린 대문을 통해 안으로 들어갔고 하녀가 난롯불이 피워져 있는 방에 나를 혼자 두고 나갔다. 게이츠헤드의 응접실만큼 화려하지는 않았지만 아늑한 방이었다. 주위를 둘러보았다. 벽에 걸린 그림의 주제가 무엇일까, 이리저리 궁리하고 있었다. 그때 방문이 열리고 한 사람이 등불을 들고 들어왔고 또 다른 사람이 그 뒤를 따랐다.

먼저 들어온 사람은 키가 컸고 검은 머리에 검은 눈을 하고 있었으며 이마는 창백하고 넓었다. 나이는 채 서른이 되지 않은 것 같았고 뒤따라온 여자는 그보다 젊어 보였다. 먼저 들어온 여자가 나를 보더니 말했다.

“혼자 여행하기에는 너무 어린아이네. 고단하겠어. 밀러 선생님, 아이를 재우기 전에 먼저 뭐 좀 먹이세요."

그녀는 집게손가락으로 내 뺨을 가볍게 건드렸다. 그 후 나를 밀러 선생님에게 맡겼고 나는 밀러 선생님과 응접실에서 나왔다. 나중에 알게 된 일이지만 밀러 선생님은 그 학교의 보조교사였다.

우리는 그 복잡한 건물의 수많은 방과 복도를 따라 걸었다. 모든 것이 정적에 싸여 있는 건물을 지나자 갑자기 수많은 웅성거림이 내 귀에 들려왔다. 우리는 곧 길고 커다란 방에 들어갔다. 교실이었다. 교실 양쪽 끝에 커다란 전나무 탁자 두 개가 놓여 있고 그 위에 각각 두 자루의 촛불이 밝게 타오르고 있었다. 그리고 교실 안 의자에는 열 살에서 스무 살 사이의 여자아이들이 앉아 있었다. 희미한 불빛에 보자니 셀 수도 없이 어마어마한 수의 학생들이 교실 안에 있는 것 같았지만 실제로는 80명 정도였다. 그녀들은 모두 질이 안 좋은 천으로 된 이상한 옷을 모두 똑같이 입고 있었으며 긴 에이프런을 두르고 있었다. 공부 시간이었던지 내일 배울 과목을 열심히 외우고들 있었는데, 내가 들은 웅성거림이 바로 그 소리였다.

밀러 선생님이 내게 문 가까이 있는 의자에 앉으라고 한 후 그 긴 교실 맨 앞에 서서 큰 소리로 외쳤다.

"반장들, 책을 치우고 저녁 식사 쟁반을 들고 와!"

그러자 키 큰 네 명의 학생들이 일어나 밖으로 나가더니 잠시 후 쟁반을 하나씩 들고 들어왔다. 쟁반 위에는 뭔지 모를 음식물이 담겨 있었고 그 한가운데에는 물이 가득 들어 있는 주전자와 물 잔이 놓여 있었다. 곧 음식물이 학생들에게 차례로 돌아갔고 원하는 사람은 물을 마셨다. 내 차례가 되었지만 나는 물만 조금 마셨을 뿐 음식에는 손을 대지 않았다. 긴장과 피로 때문에 도저히 식욕이 나지 않았다. 쟁반이 가까이 왔을 때 보니 음식물은 귀리로 만든 빵을 얇게 썬 것이었다.

식사가 끝나자 밀러 선생님은 기도했고 잠시 후 학생들은 모두 위층 침실로 올라갔다. 너무 피곤해서 침실이 어떻게 생겼는지 살펴볼 기운이 없었지만, 교실처럼 길다는 것만은 알 수 있었다. 그날 밤 나는 밀러 선생님과 한 침대에서 잤다. 침대에 누워 둘러보니 각각의 침대에는 두 명의 학생들이 누워 있었다. 얼마 후 불이 꺼졌고 완벽한 정적과 어둠 속에서 잠에 빠져들었다.

나는 꿈도 꾸지 않고 곤하게 잠을 잤다. 다시 눈을 떴을 때는 종이 요란하게 울리고 학생들은 자리에서 일어나 옷을 입고 있었다. 아직 동이 트려면 멀었기에 방에는 촛불이 밝혀져 있었다. 겨우겨우 자리에서 일어나 옷을 입었다. 대야가 여섯 사람당 하나씩이었기에 꽤 오래 기다려서야 세수를 할 수 있었다.

곧 두 번째 종이 울렸다. 우리는 모두 줄을 지어 교실로 들어갔다. 교실로 들어가자 밀러 선생님이 기도문을 낭송한 후 큰 소리로 말했다.

"자, 학급별로 줄을 서도록!"

얼마 동안 소란이 일었고 학생들은 네 개의 탁자 곁에 놓인 네 개의 의자 앞에 각각 정렬했다. 이어서 다시 종이 울리자 세 명의 부인이 방으로 들어오더니 각기 자기 테이블 앞 의자에 앉았다. 밀러 선생님은 그 네 그룹 중 가장 문가에 가까운 자리에 앉았다. 그 테이블에는 가장 나이 어린 아이들이 모여 있었고 나도 그 학급 제일 끝자리를 배정받았다.

수업이 시작되었다. 그날의 일일 기도문을 낭송한 후 『성경』 몇몇 구절을 낭송했다. 그런 다음 계속 『성경』 읽기가 이어졌다. 그렇게 수업은 한 시간 이상 계속되었다. 수업이 끝나자 날이 밝았다. 지칠 줄 모르는 종소리가 네 번째 울리자 학생들은 줄을 지어 아침 식사를 하기 위해 식당으로 갔다. 나는 '이제 뭔가 먹게 되었구나' 하는 생각에 너무 기뻤다. 전날 아무것도 먹지 못해서 하늘이 노랗게 보일 지경이었으니 당연했다.

식당은 천장이 낮고 음침한 방이었다. 두 개의 긴 식탁 위에 김이 모락모락 피어오르는 큰 그릇이 놓여 있었다. 오오, 하지만 그 냄새란! 식욕을 돋우는 냄새가 아니라 있던 식욕마저 눌러버리는 역한 냄새였다. 나만 그 냄새에 이상한 반응을 보인 것이 아니었다. 식당에 들어선 학생들은 그 냄새를 맡고는 "지겨워! 죽을 또 태웠나봐!"라고 툴툴거렸다.

너무 배가 고파 쓰러질 지경이었던 나는 배급받은 음식을 허겁지겁 두어 숟가락 퍼먹었다. 맛이고 뭐고 없었다. 하지만 쓰리던 허기가 어느 정도 가시자 구역질 나는 음식이 내 앞에 놓여 있다는 걸 깨달았다. 타버린 죽에서는 썩은 감자 냄새 같은 악취가 났다. 제아무리 굶주린 귀신이라도 고개를 절레절레 흔들 판이었다. 모든 학생이 느린 동작으로 그나마 억지로 입에 넣으려고 애쓰는 게 보였다. 하지만 허사였다.

그렇게 아무도 아침 식사를 하지 않은, 허울뿐인 아침 식사가 끝났다. 학생들은 먹지도 않은 아침 식사에 대한 감사 기도를 하고 찬송가를 부른 다음 식당을 나섰다. 맨 뒤에 있던 나는 식당에 함께 있던 선생님 중 한 분이 "정말 지독해! 어떻게 이런 음식을 먹일 수 있지!"라고 낮게 속삭이는 소리를 분명히 들을 수 있었다.

　수업이 시작되기 전에 15분간의 자유 시간이 있었다. 교실에서 큰 소리로 떠드는 게 유일하게 허용되는 때였다. 학생들은 너나없이 아침 식사에 대해 불평을 늘어놓고 호되게 욕설을 해 댔다. 그것만이 유일한 위안인 것 같았다. 교실 안에는 밀러 선생님 혼자 계셨고 용감한 아이들은 선생님 주변에서 자신들의 불만을 털어놓고 있었다. 학생들 입에서 브로클허스트 씨 이름이 나오는 것을 분명히 들을 수 있었다. 그 이름이 나오자 밀러 선생님은 그렇지 않다는 듯 고개를 가로저었다. 하지만 그녀 역시 화가 나 있다는 것은 누구나 알 수 있었다.

　이윽고 교실에 걸린 시계가 9시를 알리자 교실 안은 조용해졌다. 선생님들이 들어와 각자 자기 자리에 자리를 잡았다. 긴 의자에 정렬해 앉은 80명의 학생은 몸을 꼿꼿이 세운 채 꼼짝도 않고 앉아 있었다. 다들 그 누군가를 기다리고 있는 것 같았다. 나는 그저 어리둥절한 채 이리저리 고개만 돌리고 있었다. 그때 모든 학생이 일제히 자리에서 일어났다가 다시 제자리에 앉았다. 학생들의 시선은 모두 한곳을 향하고 있었다. 나도 그들 시선을 따라가보니 어느새 교실에 어제 나를 맞았던 여자가 들어와 있다는 것을 알 수 있었다.

밀러 선생님이 그녀 곁으로 가서 뭔가 물어보자 그녀가 대답했다. 그녀의 대답을 들은 밀러 선생님은 다시 제자리로 와서 큰 소리로 말했다.

"1반 반장, 가서 지구의를 가져와."

반장이 지구의를 가지러 간 사이 밀러 선생님에게 지시를 내렸던 선생님이 천천히 교실 중앙으로 왔다. 나중에 알게 된 사실이지만 그녀는 이 학교 교장 선생님이신 미스 마리아 템플 선생님이었다.

어제와 달리 밝은 빛 아래에서 보니 키가 컸고 체격도 균형이 잡혀 있었으며 아름다웠다. 그리고 그녀의 갈색 눈에는 인자한 기운이 서려 있었다. 얼굴빛은 다소 창백했지만 깨끗했으며 당당한 태도에 우아한 몸가짐을 하고 있었다.

그날 그녀는 탁자 위에 두 개의 지구의를 놓고 상급반인 1반 학생들에게 수업을 했고 나는 제일 하급반에서 역사, 문법, 작문, 산수 등의 수업을 받았다. 템플 선생님은 나이 많은 학생들에게 음악도 가르쳤다. 이윽고 시계가 12시를 알리자 수업이 끝났고 템플 선생님이 자리에서 일어나 전 학생들을 앞에 두고 말했다.

"여러분에게 할 말이 있어요. 오늘 아침에 도저히 먹을 수 없는 아침 식사를 했지요? 모두 배가 고플 거예요. 내가 여러분 모두에게 빵과 치즈를 주라고 지시했어요."

선생님들은 모두 놀란 눈으로 템플 선생님을 바라보았다. 그러자 템플 선생님은 그들의 의도를 알아채고 자신의 행동을 설명하려는 것처럼 선생님들에게 덧붙였다.

"모두 내가 책임질 거예요."

말을 마친 그녀는 교실을 나갔다. 곧이어 빵과 치즈가 교실로 옮겨졌고 우리는 허기진 배를 채워 상했던 기분을 회복했다.

잠시 후 모두 교정으로 나가라는 명령에 우리는 밖으로 나갔다. 학생들은 모두 끼리끼리 모여 뛰놀았지만 나는 혼자였다. 아직까지 나는 그 누구에게도 말을 붙이지 않았고 그 누구도 내게 주의를 기울이지 않았다. 나는 혼자였지만 그런 일에는 익숙해서 별로 어색하거나 우울하지는 않았다. 나는 베란다 기둥에 홀로 기대 선 채 회색 외투를 감싸 추위를 막으며 주위를 둘러보았다.

학교 건물들은 반은 낡은 것이고 반은 새로 지은 것이었다. 신축 교사 출입구로 눈길을 돌리니 거기 새겨진 글귀가 눈에 들어왔다.

로우드 인스티튜션. 이곳은 서기 ****년 브로클허스트 장의 나오미 브로클허스트 씨에 의해 개축되었음.

너희도 이처럼 너희의 빛이 사람들 앞에 비치게 하여 그들로 하여금 너희의 착한 행실을 보고 하늘에 계신 너희 아버지께 영광을 돌리게 하라.(「마태복음」 5장 16절)

그 글을 읽은 후 인스티튜션이라는 게 무슨 뜻일까 곰곰 생각해보았다. 하지만 알 수 없었다. 게다가 앞의 글귀와 뒤의 『성경』 말씀이 어떻게 연결될 수 있는지도 알 수 없었다. 누군가의 설명이 필요했다. 그때 바로 뒤에서 기침 소리가 들려 뒤를 돌아보았다.

한 소녀가 근처의 돌로 된 벤치에 앉아 있는 것이 보였다. 소녀는 책을 손에 들고 몸을 굽힌 채 열심히 읽고 있었다. 책장을 넘기면서 그 애가 고개를 들었고 그 틈을 이용해 말을 걸었다.

"저 돌 위에 새겨져 있는 말이 무슨 뜻인지 알려줄래? 로우드 인스티튜션이라는 게 무슨 뜻이야?"

그 애가 책에서 눈을 떼고 내게 말했다.

"우리가 있는 학교를 말하는 거야. 이 학교는 자선 학교야.

너랑 나랑, 여기 있는 모든 학생은 자선 보호 아이들이야. 너, 여기 온 걸 보니 분명 고아지? 아버지나 엄마가 안 계시지?”

“응, 두 분 다 내가 아주 어릴 때 돌아가셨어.”

“여기 있는 애들 전부 부모 중 한 명은 안 계셔. 고아들을 교육하는 곳이니까 학교라는 이름 대신 인스티튜션이라고 하는 거야.”

“그럼 우리는 돈도 안 내는 거야? 그냥 재워주고 먹여주는 거야?”

“조금 내긴 해. 1년에 15파운드씩. 우리 친척들이 돈을 내주는 거야.”

“그런데 왜 자선 학교야? 돈을 내잖아.”

“그걸로는 많이 모자라니까. 모자라는 건 기부금으로 충당하는 거야. 자선 기부금.”

“나오미 브로클허스트는 누구야?”

“이 건물 신축 교사를 지으신 부인이야. 지금은 그분 아들이 이곳을 감독하고 관리하셔.”

“그럼 우리에게 빵과 치즈를 주신 선생님이 관리하시는 게 아니네.”

“템플 선생님? 아니야. 그분이 책임자이시면 좋게? 모든 걸

다 브로클허스트 씨에게 보고해야 해. 우리가 먹고 입는 거 전부 다."

"브로클허스트 씨도 여기 사셔?"

"아니, 여기서 2마일 떨어진 곳에 있는 큰 저택에 사셔. 신부님이야."

"빵하고 치즈 주신 분이 템플 선생님이라고 했지? 그럼 다른 선생님들은?"

"뺨이 붉은 선생님은 스미스 선생님이야. 재봉 담당이야. 우리가 입을 옷은 다 그 선생님이 재단해주셔. 머리가 검은 조그만 선생님은 스캐처드 선생님이야. 역사와 문법을 가르쳐주셔. 숄을 두른 선생님은 마담 피에로. 프랑스 릴 출신인데 프랑스어 담당이셔. 다 좋은 분들이야."

"너 여기 온 지 오래됐어?"

"2년."

"행복해?"

"넌 정말 별걸 다 묻는구나. 그만 대답하고 책이나 더 볼래."

잠시 후 점심시간이 되었음을 알리는 종이 울렸다. 점심도 아침과 별로 다를 게 없었다. 불량 감자와 종류를 알 수 없는 썩은 고기가 뒤섞인 정체불명의 요리였다. 나는 억지로 먹을 만큼 입에 쑤셔 넣으면서 앞으로도 계속 이런 것들만 먹게 되면 어쩌나 걱정을 했다.

점심 후 우리는 오후 5시까지 수업을 받았다. 그리고 간식으로 커피 한 잔과 검은 빵 한 조각이 나왔다. 나는 빵과 커피를 허겁지겁 먹고 마셨다. 하지만 여전히 배가 고팠다. 반 시간 정도 쉰 후 다시 수업이 이어졌다. 수업 끝에 물 한 잔과 귀리 케이크 한 조각이 나왔으며, 이어서 기도 낭송이 있었고 곧바로 취침 시간이 되었다. 이렇게 로우드에서의 나의 첫째 날이 끝났다.

제6장

다음 날도 어제와 똑같이 일과가 시작
되었다. 우리는 자리를 털고 일어나 희미한 촛불에 의지해 옷
을 입었다. 하지만 세수 의식은 건너뛸 수밖에 없었다. 날이 너
무 추워서 물 주전자의 물이 얼어붙은 것이다.

장장 한 시간 반의 기도와 『성경』 낭독이 끝나기도 전에 나
는 당장이라도 얼어 죽을 것 같았다. 그날 나는 정식으로 4반
에 편입되어 내가 해야 할 과제를 받았다. 이제까지 나는 로우
드에서 일종의 방관자였지만 이제 정식으로 연기해야 할 배우
가 된 셈이었다. 나는 이제까지 그 무언가를 암기하는 데 익숙
하지 않았기 때문에 처음에는 모든 게 어렵고 지루했다. 과목
이 계속 바뀌는 것에도 당황할 수밖에 없었다. 그래서 오후 3시

쯤 스미스 선생님이 2야드 길이의 모슬린 천과 바늘, 골무 등을 주면서 교실 한편에서 가장자리를 마무리하라고 지시하자 나는 너무 기뻤다.

그 시각에는 스캐처드 선생님 주변에 모여서 읽기 수업을 받는 학생들 몇몇을 제외하고는 거의 모든 학생이 바느질을 했다. 스캐처드 선생님 주변 학생들 가운데는 어제 베란다에서 만나서 이야기를 나눈 아이도 있었다. 수업이 시작되었을 때 그 애는 맨 앞줄에 있었다. 하지만 발음에 실수했는지 곧 맨 뒷줄로 쫓겨났다. 그 애를 그렇게 구석진 곳으로 쫓아낸 후에도 스캐처드 선생님은 계속 그 애를 주목했다.

"번스(그게 그 애의 성(姓)인 것 같았다. 로우드에서는 여학생들을 부를 때 다른 학교 남학생들처럼 이름 대신 성으로 불렀다), 왜 그렇게 보기 싫게 턱을 내밀고 있는 거냐? 얼른 집어넣지 못해!"

"번스, 얼른 머리를 똑바로 쳐들지 못해!"

"이 더러운 것! 오늘 아침 손톱 손질을 안 했구나!"

내가 보기에 번스는 자기 차례가 되면 제대로 대답을 잘했다. 그런데도 스캐처드 선생님은 계속해서 그 애에게 잔소리를 했다. 하지만 그 애는 잔소리에 대해 아무런 대꾸도 하지 않았다. 나는 '아니, 물이 꽁꽁 얼어붙어서 세수도 못 했다고 왜 대답을 안 하는 거지?'라고 속으로 생각했다.

그때 스미스 선생님이 실타래를 감으면서 그 끝을 잡아달라고 내게 말했다. 그러면서 내게 이런저런 말을 시켰기에 더 이상 스캐처드 선생님 쪽을 바라볼 수 없었다. 실타래 감기가 끝나고 다시 내 자리로 돌아와 그쪽을 보니 스캐처드 선생님이 번스에게 뭔가 지시를 하고 있었다. 그러자 번스는 곧바로 교실 밖으로 나가더니 잠시 후 돌아왔다. 그 애의 손에는 끝이 묶여 있는 회초리가 들려 있었다.

번스는 그 무서운 도구를 공손히 선생님에게 내밀더니 시키지도 않았는데 스스로 에이프런을 풀었다. 스캐처드 선생님은 즉시 회초리를 들고 그 애의 목을 십여 차례 때렸다. 번스의 눈에서는 눈물 한 방울 나오지 않았다. 매질 장면을 보고 있자니 내 안에서 분노가 치밀어 손이 떨렸다. 하지만 우수에 젖은 듯한 번스의 표정에는 아무 변화가 없었다.

"독한 것! 네 그 칠칠치 못한 버릇은 정말 어떻게 해야 고칠 거냐!"

스캐처드 선생님이 고함을 지르며 회초리를 도로 갖다 놓으라고 하자 번스는 고분고분 지시대로 했다. 그 애가 손수건을 주머니에 넣는 게 보였고 나는 그 애의 삐쩍 마른 뺨 위에 눈물 자국이 번득이는 걸 볼 수 있었다.

저녁에 잠깐 주어지는 휴식 시간이 하루 중 가장 즐거운 때였다. 불그스름하게 황혼이 깃든 가운데 아이들이 허락을 받고 내는 소음, 아이들의 떠들썩한 목소리가 느긋한 해방감을 느끼게 해주었다.

스캐처드 선생님이 번스에게 체벌을 가한 그날도 나는 여느 때와 다름없이 혼자 책상 사이, 아이들 사이를 이리저리 돌아다녔다. 그러다가 나는 난롯가로 가서 철망 옆에 앉았다. 그때 조용히 혼자 그곳에 앉아 책을 읽고 있는 번스가 눈에 띄었다.

나는 그 애 곁으로 다가가며 말했다.

"너 성 말고 이름이 뭐니?"

"헬렌이야."

"너 로우드를 떠나고 싶겠다. 스캐처드 선생님이 너를 너무 심하게 대하잖아."

"심하다고? 아냐, 엄격하신 거야. 단지 내 결점을 싫어하시는 거야."

"나라면 그 선생님을 싫어하겠다. 나는 반항했을 거야. 그 회초리로 나를 때리면 나는 그걸 뺏어서 선생님 코앞에서 분질러버릴 거야.”

“설마 그러려고. 네가 만일 그러면 브로클허스트 씨가 너를 학교에서 내쫓을 거야. 그러면 네 가족이 얼마나 슬퍼하겠니. 그냥 자기 혼자 힘든 걸 참고 견디는 게 나아. 생각 없이 아무렇게나 행동해서 가족들에게 해를 끼치는 건 옳지 않은 일이야. 『성경』에도 있지 않니? 악을 행하는 자에게 선으로 보답하라고. 그리스도께서도 말씀하셨잖아. ‘네 원수를 사랑하라. 너를 저주한 자에게 축복을 내려라. 너를 미워하고 너를 업신여기는 자에게 선을 행하라’.(「마태복음」 5장 44절)”

그녀의 말을 듣자 곧바로 내가 떠나온 게이츠헤드 장의 사람들이 떠올랐다. 나는 헬렌에게 말했다.

“헬렌, 네 말대로라면 나는 내 외숙모를 사랑해야겠네. 난 못해! 외숙모하고 존 같은 사람들에게 축복을 내리라고? 그건 말도 안 돼!”

이번에는 헬렌이 내게 무슨 소리인지 설명을 해달라고 했다. 나는 그 애에게 모든 것을 다 이야기해주었고 그 애는 참을성 있게 내 이야기를 다 들어주었다. 나는 그동안 내가 겪었던 고통과 분노에 관해 이야기를 하면서 마치 그 일이 지금 눈앞에서 벌어지고 있는 것처럼 흥분했다. 나는 사납게, 그리고 모질게, 내가 느끼고 있는 것을 가차 없이 내뱉었다.

이야기를 끝내고 나는 헬렌이 뭐라고 한마디 해주리라 기대했다. 하지만 그 애는 아무 말도 없었다. 내가 참지 못하고 소리쳤다.

"자, 맞지? 외숙모는 인정머리도 없는 나쁜 여자 맞지?"

그러자 헬렌이 내게 말했다.

"그래, 네 외숙모가 네게 친절하지 않았다는 건 확실해. 하지만 그건 스캐처드 선생님이 내가 지닌 결점을 싫어하는 것하고 똑같아. 내게는 결점이 많아. 제대로 물건을 정리하지 못하고 주의도 산만해. 수업 시간에 다른 책을 읽기도 해. 스캐처드 선생님은 그런 나를 싫어하시는 거지, 학생들을 전부 싫어하시는 게 아니야. 외숙모가 너를 그렇게 대한 것도 마찬가지일 거야. 그녀가 싫어하는 결점을 네가 지닌 거지. 그런데 외숙모가 너를 그렇게 매정하게 대한 게 네 가슴에는 정말 깊은 상처를 주었구나! 난 누구에겐가 아무리 구박을 받아도 내 마음에 아무런 흔적도 남지 않아. 내 가슴에 증오를 키우기에는 우리 인생이 너무 짧다고 생각해. 나는 우리가 이 육체라는 껍질을 벗어버릴 날, 그래서 우리 생명과 생각의 정수인 영혼의 불꽃만이 남게 될 날이 반드시 오리라고 믿어. 그 영혼의 불꽃은 창조주

께서 피조물들에 생명을 불어넣으실 때처럼 순수한 거야."

이야기를 마치자 평소에도 앞으로 수그러져 있던 헬렌의 머리가 더 숙여졌다. 나는 그 애가 더 이상 이야기를 하고 싶은 생각이 없음을, 자기만의 생각에 잠기고 싶어한다는 것을 알았다. 하지만 헬렌은 잠시도 명상에 잠길 수 없었다. 갑자기 반장이 나타나 소리를 질렀다.

"헬렌 번스, 당장 가서 서랍을 정돈하고 바느질감도 잘 개켜놔. 안 그러면 스캐처드 선생님께 검사해보라고 할 거야!"

헬렌은 마치 자신의 몽상이 사라지는 것을 아쉽게 바라보듯 눈길을 위로 하더니 한숨을 내쉬었다. 그러고는 아무 말 없이 몸을 일으켜 즉각 반장의 명령을 따랐다.

제7장

　　그렇게 나는 결코 즐겁다고 할 수 없는 로우드 학교에서의 첫 학기를 보냈다. 새로운 규칙과 익숙하지 않은 공부에 적응하느라 늘 초긴장 상태였고 추위와 배고픔 등 육체적 고통도 가볍게 볼 만한 것은 아니었다.

　　로우드 학교에 브로클허스트 씨가 방문한 것은 내가 이곳에 온 지 3주가 지났을 때였다. 나는 그의 방문을 두려워했고 그 두려움에는 근거가 있었다. 그리고 내 우려가 현실로 나타났다.

　　어느 날 오후, 내가 석판을 손에 들고 어려운 나눗셈 문제를 푸느라 골치를 썩고 있을 때였다. 문득 고개를 들어 창밖을 보니 키 큰 사람 한 명이 지나가는 모습이 보였다. 나는 직감적으로 그가 누구인지 알 수 있었다.

2~3분 후 선생님들과 학생들이 모두 기립했고 그가 들어섰다. 템플 선생님 곁에 우뚝 서 있는 그 사람은 저 게이츠헤드 장의 양탄자 위에서 매정한 눈길로 나를 바라보던 바로 그 기둥이었다. 나는 두려움에 몸을 떨었다. 그는 내가 남을 속이는 아이, 성질이 못된 아이라는 사실을 선생님과 주변 사람들에게 알리겠다고 분명히 말했었다.

‘아아, 그렇게 된다면 내게는 영영 못된 아이라는 낙인이 찍히게 될 거야.’

그렇다. 내게 낙인을 찍을 사람이 드디어 나타난 것이다.

학생들이 자리에 앉자 그는 템플 선생님 옆에 서서 뭔가 낮은 목소리로 속삭였다. 나의 못된 짓을 일러바치고 있음이 틀림없었다. 나는 온 신경을 그에게 집중했다. 나는 교실 맨 앞에 앉아 있었기에 그가 템플 선생님에게 하는 말을 거의 다 들을 수 있었다. 그런데 그 내용이 나를 그 두려움에서 해방시켜주었다.

그는 학생들의 옷가지, 뜨개질감 등 수업에 쓰이는 물품 등을 절약해서 쓰라고 시시콜콜 지적한 후에 템플 선생님에게 말했다.

“내가 깜짝 놀란 일이 있어서 말씀드려야겠소. 가사 담당하는 이와 함께 출납계를 정산하다보니 점심으로 빵과 치즈를 보름 동안에 두 번이나 학생들에게 주었더군요. 아무리 규칙을 뒤져봐도 그런 규정은 없던데…… 도대체 누가 그런 개혁을 단행한 겁니까?”

“제 책임입니다. 아침 식사가 너무 형편없어서 학생들이 먹을 수 없었습니다. 저녁때까지 학생들을 굶길 수 없어서 제가 지시한 겁니다.”

그러자 브로클허스트 씨가 일장 연설을 했다.

“교장 선생, 잠깐 제 얘기 좀 들어보시지요. 이 아이들을 키우면서 내 교육 방침이 사치와 방종을 길러주는 데 있지 않다는 것은 잘 알고 있지요? 고통을 참고 이겨내는 아이들로 키우고 싶단 말입니다. 고기가 상했다거나 소스의 간이 안 맞는다거나, 음식에 사소한 불만이 생기더라도 그걸 참고 견디게 해줘야지 입에 맞는 다른 음식으로 그 불만을 해소해주면 안 된다 이겁니다. 현명한 선생님이라면 그런 사소한 사건들을, 초기 기독교인들이 얼마나 힘든 수난을 견디고 이겨냈는지 가르치는 기회로 삼을 겁니다. 템플 선생, 선생이 저 학생들에게 준 빵과 치즈는 저들의 비천한 몸뚱이, 그 껍질에 준 양분에 불과합니다. 대신 저 불멸의 영혼을 굶주리게 한 거지요.”

그는 잠시 말을 멈추었다. 아마 자신이 말한 내용에 스스로 감동한 모양이었다. 하지만 템플 선생님의 얼굴은 대리석처럼 단단하고 차가웠다. 선생님은 입을 굳게 다문 채 똑바로 앞을 바라보고 있었다.

이어서 브로클허스트 씨는 학생들의 머리 모양을 지적하며 또다시 육신의 욕망에 사로잡히지 말고 절제와 근엄으로 몸을 가꾸어야 한다고 일장 연설을 했다. 그는 일장 연설에 그친 게 아니라 땋아 늘인 머리를 모두 잘라버리라고 엄명을 내렸다. 학생들은 모두 브로클허스트 씨가 보지 못하는 사이 입을 삐죽 내밀었다.

그때까지 나는 브로클허스트 씨와 템플 선생님의 대화에 귀를 기울이면서 내 개인의 안전을 도모하기 위해 최대한 조심하고 있었다. 그의 눈에 띄지만 않는다면 무사히 넘어갈 수 있을 것 같아 나는 산수 계산에 몰두해 있는 척 석판을 들고 얼굴을 가리고 있었다. 그러나 아뿔싸, 너무 조심해서인지 석판이 나를 배반했다. 석판이 바닥에 떨어져 요란한 소리를 내며 깨져버린 것이다. 순간 교실 안의 모든 시선이 내게로 향했다. 나는 최악의 사태를 예감하며 온 힘을 모으고 있었다. 드디어 그 최악의 사태가 벌어졌다.

내 얼굴을 본 브로클허스트 씨가 말했다.

"아하, 내가 저 애를 잊고 있었군. 석판을 깨뜨린 아이를 앞으로 나오라고 해요. 그리고 걸상 하나를 앞으로 가져와."

그의 명령에 반장이 걸상을 앞으로 가져왔다. 나는 그 자리에서 꼼짝도 할 수 없었다. 그러자 템플 선생님이 내 곁으로 오더니 속삭였다.

"겁먹을 것 없어, 제인. 일부러 그런 것도 아니잖아. 벌을 받을 일도 아니야."

선생님의 그 정겨운 말씀이 내 가슴에 비수가 되어 꽂혔다.

'아아, 1분 뒤면 선생님은 나를 나쁜 애라고 생각하실 거야. 내가 일부러 그랬다고 하실 거야.'

선생님의 부축을 받아 내가 앞으로 나가자 브로클허스트 씨가 말했다.

"이 아이를 거기 올려 세워놓아요."

나는 누가 나를 거기에 올려놓았는지도 몰랐다. 정신이 하나도 없었다. 다만 잠시 후 브로클허스트 씨의 코가 바로 내 눈앞에 있다는 것만 알아차릴 수 있을 뿐이었다.

검은 대리석 같은 목사가 말을 이었다.

"여러분, 이 아이를 보세요. 겉모습은 여러분과 같습니다. 그런데 이 아이는 바로 사악한 악마의 심부름꾼입니다. 여러분에게 경고를 해주는 게 나의 의무입니다. 하나님의 어린양일 수도 있었던 이 아이는 신에게서 버림받은 아이입니다. 여러분, 이 아이를 경계하세요. 이 아이를 닮지 않으려 애쓰세요. 이 아이와 사귀지도 말고, 함께 놀아주지도 마세요. 대화에 끼어주지도 마세요. 그리고 선생님들, 이 아이를 감시하세요. 이 아이의 행동에서 눈을 떼지 마세요. 이 아이의 말을 주시하고, 행동을 꼼꼼히 살피세요. 그리고 필요한 경우에는 이 아이의 영혼을 구하기 위해 그 육신에 벌을 주세요. 이 아이는, 이 아이는 바로 '거짓말쟁이'이기 때문입니다. 나는 그 사실을 이 아이의 은인에게 듣고서 알게 되었습니다. 고아인 이 아이를 데려다가 자신의 딸처럼 키운 그 자비롭고 경건한 부인에게서 들은 것입니다. 이 불행한 아이는 그 부인의 친절한 은혜를 지극히 사악한 배은망덕으로 갚았습니다. 그래서 그 고결한 보호자는 이 아이를 자신의 착한 아이들과 떼어놓을 수밖에 없었습니다. 저 애의 사악한 말과 행동에 맑고 순수한 아이들의 마음이 오염될까 봐 두려웠던 것입니다. 부인은 저 아이의 영혼을 치료해달라고 저 애를 이곳에 보낸 것입니다."

이렇듯 숭고한 결론을 내린 후에 그는 문 쪽으로 걸어갔다.

그러나 나의 심판관은 밖으로 나가기 전, 문 앞에 멈춰 서더니
말했다.

"그 애를 그렇게 걸상 위에 30분 이상 세워놓으세요. 온종일
그 애에게 말을 걸면 안 돼요."

나는 그렇게 치욕의 걸상 위에 선 채 모든 사람의 주목을 받
았다. 교실 한가운데 맨발로 서 있는 벌조차 치욕스러워서 받
을 수 없다고 장담했던 내가!

당시 내가 어떤 심정이었는지는 말로 표현할 수가 없다. 그
저 숨이 막히고 가슴이 메어왔을 뿐이다. 그때 한 여학생이 내
곁을 지나가면서 내게 눈길을 주었다. 오, 그녀의 눈은 얼마나
신비로운 광채로 반짝이고 있었던가! 얼마나 묘한 감동을 내게
주었던가! 그녀가 내게 준 그 눈길, 그녀의 눈길이 준 감동이
내게 얼마나 큰 버틸 힘을 주었던가!

그 눈길을 받고 나는 당당한 자세로 걸상 위에 섰다. 그녀는
바로 헬렌 번스였다. 내 곁을 지나가는 그녀의 팔에 '칠칠치 못
한 학생'이라는 표지가 달려 있었다. 그녀는 그런 표지를 달고
있으면서도 마치 천사에게서 나오는 것과 같은 지혜와 용기를
담은 미소를 짓고 있었다.

제8장

　　미처 30분이 지나기도 전에 5시를 알리는 종이 울렸고 수업이 끝났다. 모두 나를 두고 차를 마시러 식당으로 갔기에 나는 과감하게 걸상에서 내려왔다. 이미 날은 어두워져 있었다. 나는 구석으로 가서 바닥에 주저앉았다.

　　그동안 나를 지탱하고 있었던 모든 마법이 사라져버렸고 나는 바닥에 쓰러져 울었다. 로우드에 오면서 좋은 아이가 되리라, 뭐든 열심히 하리라 결심했었다. 친구도 많이 사귀고 존중받는 아이가 되리라, 친구들에게서 사랑을 받으리라 결심했었다. 그리고 이제 그것이 이루어지고 있었다. 바로 그날 아침 나는 학급에서 일등을 한 것이다. 밀러 선생님이 나를 칭찬해주셨고 템플 선생님도 내게 미소를 지어주셨다. 템플 선생님은 조금 더 열심히 하면 그림과 프랑스어도 가르쳐주겠다고 약속하셨다.

그런데 다시 땅에 내동댕이쳐진 채 발길에 짓밟힌 것이다. 내가 과연 다시 일어설 수 있을까?

'아냐, 다시는 일어설 수 없을 거야'라는 생각에 나는 죽고만 싶어졌다. 절망감에 빠져 훌쩍훌쩍 울고 있었다. 그때 누군가가 내게 다가왔다. 헬렌 번스였다. 그녀의 손에는 내 몫의 커피와 빵이 들려 있었다. 그녀가 내게 먹어보라고 빵을 건넸지만 도저히 입에 넣을 생각이 없어 옆으로 밀어놓았다. 나는 한참을 더 울었고 헬렌은 아무 말 없이 내 곁에 있었다.

내가 헬렌에게 물었다.

"헬렌, 너는 왜 모든 사람이 '거짓말쟁이'라고 생각하는 애 곁에 있는 거니?"

"모든 사람이라고, 제인? 네가 거짓말쟁이라는 소리를 들은 사람은 겨우 80명밖에 안 돼. 이 세상에는 수억 명의 사람들이 살고 있어."

"내가 모르는 수억 명이 무슨 상관이야? 내가 알고 있는 80명이 나를 경멸하는데……."

"제인, 네가 잘못 알고 있는 거야. 그 80명 중 너를 경멸하거나 미워하는 사람은 아무도 없어. 오히려 그들 모두 너를 동정할걸. 내가 장담할 수 있어. 브로클허스트 씨는 신이 아니야. 게다가 존경받는 사람도 아니야. 이곳 사람들은 거의 모두 그를 싫어해. 만일 그가 너를 특별히 귀여워했다면 오히려 많은 사람이 너를 미워했을 거야. 아까 그런 일이 벌어졌으니 모두 속으로는 너를 동정하고 있을 거야. 할 수만 있다면 네게 다정하게 대하고 싶어할걸. 그리고 정말 모든 사람이 너를 미워하고 너를 나쁜 애라고 생각하더라도 네 양심만 너를 죄가 없다고 인정해주면 네게 친구가 없을 리 없어."

헬렌의 말에 나는 진정이 되었다. 그녀는 말을 끝내자 기침을 했다. 그 기침이 심상치 않아 나는 내 슬픔을 잊어버리고 그녀에 대한 막연한 불안감에 휩싸였다.

그때 또 한 사람이 교실로 들어왔다. 템플 선생님이었다. 그녀가 내게 말했다.

"제인, 일부러 너를 만나려고 온 거란다. 내 방에 가서 이야기 좀 할까? 헬렌도 함께 가자."

우리는 일어나서 교장 선생님 뒤를 따랐다. 복잡한 복도를 몇 개 지나고 계단을 오르자 그녀의 방에 이를 수 있었다. 방은 난롯불이 환하게 타고 있어 무척 밝았다. 템플 선생님은 헬렌을 난롯가 의자에 앉으라고 한 후 나를 선생님 곁에 앉히고는 나를 향해 눈길을 낮추면서 말했다.

"이제 좀 가라앉았니? 실컷 울었으니 좀 나아졌겠지?"

나는 즉시 대답했다.

"결코 그럴 수 없을 것 같아요. 죄도 없으면서 비난을 받았잖아요. 이제 선생님이랑 모두 저를 나쁜 애라고 생각하실 거 아니에요."

"그건 네가 앞으로 어떻게 하느냐에 달려 있단다. 그러니까 지금처럼 계속 착하게 살면 돼. 그러면 나도 기뻐할 거고. 자, 이제 말해보렴. 브로클허스트 씨가 네 은인이라고 말한 부인은 누구니?"

어떤 식으로 말씀을 드려야 할지 정리를 하기 위해 얼마간 뜸을 들였다. 그런 후 내 슬픈 유년기에 대해 모든 것을 선생님께 말씀드렸다. 나는 탈진한 상태였기에 그 슬픈 이야기를 평소보다 훨씬 차분하게 해드릴 수 있었다. 헬렌의 충고대로 분노는 가능한 한 억제하고 상처와 고통에 관한 이야기는 가능한 한 덜 집어넣으려고 애를 썼다.

더 절제된 채 단순하게 이야기를 했기에 내 이야기는 더 신빙성 있게 보였다. 이야기하면서 나는 템플 선생님이 내 이야기를 믿고 있음을 느낄 수 있었다.

이야기 도중에 나는 약제사인 로이드 씨에 대해 간단히 이야기하게 되었다. 붉은 방의 기억을 도저히 잊을 수 없었기에 그의 이름이 나온 것이다. 그의 이름이 나오자 템플 선생님이 잠시 나를 바라보더니 말했다.

"내가 로이드 씨를 좀 안단다. 내가 편지할게. 그의 답장이 네 말과 맞는다면 모든 사람 앞에서 네가 잘못한 게 없다고 발표할 거야. 하지만, 제인. 너는 이미 내게는 결백하단다."

그런 후 그녀는 헬렌을 향해 말했다.

"헬렌, 오늘 밤 몸은 좀 어때? 기침 많이 하지 않았어?"

"별로 많이 하지 않았어요, 선생님."

선생님은 의자에서 몸을 일으키더니 헬렌의 손을 잡고 맥박을 쟀다. 다시 자리로 돌아가 앉을 때 선생님에게서 가만히 한숨 소리가 들렸다. 그러더니 선생님이 갑자기 명랑한 목소리로 말했다.

"그래, 너희 둘은 오늘 저녁 내 손님이야. 손님 대접을 해야겠다."

그 말과 함께 그녀는 벨을 울렸다. 얼마 후 나이 어린 하녀가 들어오자 그녀가 말했다.

"바버라, 나 오늘 아직 차를 마시지 않았어. 이 두 아가씨 찻잔하고 쟁반 좀 갖다줄래?"

하녀는 시키는 대로 했다. 그날 밤 모락모락 피어오르는 차 향기는 그 얼마나 향기로웠던가! 게다가 차와 함께 가져온 토스트에서는 얼마나 구수한 냄새가 났던가! 하지만 토스트의 양이 너무 적었다. 선생님이 다시 벨을 울려 바버라를 불렀다.

"바버라, 빵하고 버터를 좀 더 갖다주지 않을래? 셋이 먹기엔 너무 적어."

그러자 방에서 나갔던 바버라가 다시 돌아와서 말했다.

"선생님, 하든 부인이 평소 분량대로 보내드린 거라고 하던데요."

하든 부인이란 하녀의 우두머리로 이곳 살림을 담당하고 있는 여자였다. 그녀는 브로클허스트 씨의 수족이라고 할 만한 여자였다.

바버라가 방에서 나가자 선생님이 미소를 지으며 말했다.

"다행히 이번에는 내 힘으로 부족한 걸 채울 수 있어."

그녀는 서랍을 열더니 종이로 싼 꾸러미를 꺼냈다. 그 안에는 케이크가 들어 있었다. 선생님이 케이크를 자르며 말했다.

"너희 갈 때 잘라서 나눠주려던 건데, 차와 함께 먹을 토스트

가 부족하니 지금 먹으려무나."

그날 마치 우리는 신들의 음식인 암브로시아와 신들의 음료인 넥타를 먹고 마시는 기분이었다. 얼마 후 잠자리에 들 시간이 되었음을 알리는 종이 울렸고 템플 선생님이 우리 둘을 껴안으면서 말했다.

"너희에게 신의 가호가 있기를."

대충 1주일 정도 지난 후에 템플 선생님은 로이드 씨로부터 「편지」를 받고 내 이야기가 모두 사실인 것을 확인할 수 있었다. 선생님은 모든 학생을 모아놓은 가운데 제인 에어가 왜 그렇게 비난을 받았는지 조사해보았다고 말했다. 그리고 나에 대한 모든 오명이 씻겼다는 걸 모두에게 알릴 수 있어 더없이 기쁘다고 말했다. 선생님들은 내게 손을 내밀며 입맞춤을 해주었고 친구들 사이에서도 기쁨의 웅성거림이 들려왔다.

그렇게 해서 무거운 짐에서 벗어나자 나는 어떤 난관이 가로놓이더라도 헤쳐나가리라 결심하고 열심히 공부했다. 나는 힘껏 노력했고 노력에 비례해서 성공도 거두었다. 날 때부터 별로 뛰어나지 못했던 내 기억력은 열심히 연습한 결과 눈에 띄게 좋아졌고 수련에 수련을 거쳐 나의 지력도 가다듬어지는 것 같았다. 2~3주 후에 상급반으로 진급할 수 있었고 로우드에 온 지 두 달도 안 되어 프랑스어와 그림을 배울 수 있다는 허락을 받았다.

"서로 미워하며 살진 암소를 먹는 것보다는 채소를 먹으면서 서로 사랑하는 것이 낫다"고 솔로몬이 말했듯이, 이곳 로우드에서의 궁핍한 생활을 저 게이츠헤드 장의 사치스런 삶과 바꿀 생각은 추호도 없었다.

제9장

　　4월이 끝나가고 맑고 화사한 5월이 다가오고 있었다. 푸른 하늘과 따사로운 햇살, 부드러운 남풍으로 이어지는 나날들이 5월 한 달을 채워주고 있었다. 로우드 학교 주변은 온통 신록의 빛으로 변해갔으며 뼈만 앙상하던 거대한 느릅나무, 물푸레나무, 참나무에는 장엄한 생명의 기운이 다시 깃들었다. 숲속의 온갖 식물들이 구석구석에서 싹을 틔우고 수많은 이끼가 웅덩이를 온통 뒤덮었으며 풍성하게 피어난 야생 앵초꽃들이 마치 태양처럼 대지를 환히 빛나게 해주었다.

　　분명히 아름다운 고장이었다. 하지만 이 고장이 건강에 좋은지 어떤지는 별개의 문제였다.

　　로우드 학교는 언덕과 숲으로 둘러싸인 시냇가 가장자리에 세워져 있었다. 그래서 더욱 주변이 아름다웠다. 하지만 학교가 세워진 숲속 작은 골짜기는 전염병의 온상인 안개가 자주 끼는 곳이기도 했다. 봄이 되자 병균들은 초목과 함께 다시 살아나 우리 학교로 은밀히 스며들었다. 그리고 학생들이 가득 찬 교실과 기숙사에 티푸스균을 흩뿌려, 5월이 채 되기도 전에 학교를 병원으로 바꿔버렸다.

반쯤 굶주린 채 추위에 방치되었기에 대부분의 학생들은 병균에 감염되기 쉬운 상태였다. 80명의 학생 중 45명이 일제히 병으로 쓰러졌다. 수업은 중단되었고 교칙도 느슨해졌다. 다행히 병에 걸리지 않은 학생들에게는 거의 무제한의 자유가 주어졌다. 의사가 건강을 유지하기 위해서는 자주 운동을 할 필요가 있다고 주장한 덕분이었다. 게다가 아무도 학생들을 감시할 겨를이 없었다.

템플 선생님은 온통 환자들에게만 정신이 쏠려서 온종일 병실에서 살다시피 했으며 밤에도 두세 시간 눈을 붙이는 것을 제외하고는 환자들 곁을 떠나지 않았다. 선생님들은 선생님들 나름대로 눈코 뜰 새 없이 바빴다. 이 전염병 소굴에서 자신을 꺼내줄 가족이나 친척을 가진 운 좋은 학생들이 학교를 떠나겠다고 하면 그 애들의 짐을 꾸려 출발 준비를 해주어야 했기 때문이다. 사실상 그 애들 중 다수는 이미 병이 도질 대로 도져서 죽음을 맞이하러 집으로 가는 것에 불과했다. 몇 명은 이미 학교에서 최후를 맞이했고 그 애들은 남몰래 재빨리 매장되었다. 병의 성격상 시간을 지체하는 것은 위험했기 때문이었다.

정말 안된 이야기지만 나는 그 계절을 마음껏 즐겼다. 교정은 죽음의 공포와 병원 냄새로 뒤덮여 있었음에도 화사한 5월은 속절없이 저 담장 밖 숲과 들판에서 그 아름다움을 한껏 뽐내고 있었다. 담장 내 교정 역시 화사한 봄기운이 완연해서 온갖 꽃들이 화려하게 피어났다.

나를 비롯해 병을 이겨낸 학생들은 계절의 아름다움을 만끽했다. 브로클허스트 씨는 학교 근처에는 얼씬도 하지 않았으며 당연히 살림살이를 꼼꼼하게 감시하지도 않았다. 하녀 우두머리 하든 부인도 전염병이 겁나 떠나버렸고 그녀의 후임은 아직이곳에 익숙하지 않았으며 비교적 너그러운 심성을 지닌 여자였다. 게다가 병으로 앓아누운 아이들이 거의 음식을 입에 댈 수 없었기에 건강한 아이들의 식사는 언제나 푸짐했다. 새로 온 하녀장은 너무 바빠서 정식 식사를 준비하기 어려울 때면 파이 조각이나 치즈 바른 빵을 식사 대신 주기도 했다. 그러면 아이들은 마치 소풍이라도 가는 기분으로 자기가 좋아하는 장소를 찾아 호사스러운 식사를 했다.

나는 그동안 친해진 메리라는 친구와 함께 시냇물 한가운데에 놓인 커다란 돌 위에서, 가끔 있던 그 소풍을 즐기곤 했다. 하지만 그 자리에 헬렌은 없었다.

그녀는 벌써 몇 주 전부터 보이지 않았다. 헬렌은 어디 있었을까? 그렇다. 그녀도 병에 걸렸다. 하지만 그녀가 걸린 병은 티푸스가 아니었다. 그녀는 결핵에 걸려 티푸스에 걸린 환자들과는 따로 떨어진 곳에 있었다. 그녀가 결핵에 걸렸다는 이야기를 듣고도 나는 그다지 심각하게 생각하지 않았다. 결핵이 무서운 병이라는 것을 모르고 있던 나는 시간을 들여 몸조리만 잘하면 쉽게 나을 것으로 생각하고 있었다.

6월 초순 어느 날 저녁, 나는 교정에 있었다. 그때 현관문이 열리는 소리가 들렸고 의사 선생님이신 베이츠 씨가 간호사와 함께 밖으로 나오고 있었다. 베이츠 선생님이 조랑말 위에 오르자 나는 안으로 들어가려는 간호사에게 달려가서 물었다.

"헬렌 번스, 어때요?"

"아주 안 좋아."

"베이츠 선생님이 헬렌을 진찰하고 가신 거지요?"

"맞아."

"선생님이 뭐라고 말씀하셨어요?"

"여기 있을 날이 그리 길지는 않을 거라고 하셨어."

그 말을 듣고 단번에 깨달았다. '여기'라는 것은 분명 이곳 로우드 학교를 말하는 것이 아니었다. 갑자기 무서워졌다. 슬픔이 북받쳐 올랐고 몸이 떨렸다. 이어서 후회가 밀려왔다. 아무것도 모르고 나는 그동안 어떻게 지냈던가! 나는 그녀가 보고 싶었고 또 보아야만 할 것 같았다. 간호사에게 헬렌이 지금 어디 있느냐고 물었다. 그러자 그녀가 대답했다.

"지금 템플 선생님 방에 있단다."

"제가 거기 가서 헬렌을 만나면 안 돼요?"

"안 돼. 어서 너도 학교 안으로 들어가거라. 이렇게 밤이슬을 맞으면 병에 걸릴지도 몰라."

말을 마친 그녀는 안으로 들어가 문을 닫았다. 나는 옆문을 통해 안으로 들어갔다. 전에도 와본 적이 있었기에 쉽게 템플 선생님 방을 찾을 수 있었다.

방문을 살그머니 열고 방 안을 살펴보았다. 눈으로 헬렌을 찾고 있었지만 혹시 이미 죽어버린 헬렌의 모습을 보게 될까봐 잔뜩 겁을 먹고 있었다.

템플 선생님 침대 바로 곁에 작은 침대 하나가 하얀 커튼에 반쯤 가려진 채 놓여 있었다. 이불 밑에 사람이 누워 있는 것을 알 수 있었지만 얼굴은 커튼 자락에 가려져 보이지 않았다. 템플 선생님의 모습은 보이지 않았다. 나중에 알게 되었지만 선생님은 헛소리하는 티푸스 환자가 있다는 전갈을 받고 그곳에 가 있었다.

나는 살그머니 안으로 들어가 침대 곁으로 가서 커튼 자락을 손으로 잡았다. 하지만 얼굴을 보기 전에 먼저 그녀의 목소리를 듣고 싶었다. 헬렌의 시신이라도 보게 될까봐 겁이 더럭 났기 때문이었다.

내가 낮은 목소리로 속삭였다.

"헬렌, 잠들지 않았니?"

그녀가 몸을 움직이더니 커튼을 젖혔다. 그러자 창백하고 야위긴 했어도 평온하기 그지없는 그녀의 얼굴이 보였다. 그전과 다를 게 하나도 없어서 나를 사로잡고 있던 두려움은 순식간에 사라져버렸다.

그녀가 평소와 다름없이 부드러운 목소리로 말했다.

"어머, 제인이구나."

나는 고개를 숙이고 그녀에게 입맞춤을 해주면서 속으로 생각했다.

‘그래, 헬렌은 죽지 않아. 곧 죽을 사람이 어떻게 이렇게 차분할 수 있어.’

그녀의 이마와 뺨이 차가웠고 여위었지만 미소는 전과 다름없었다.

그녀가 내게 말했다.

“내게 작별 인사하러 왔니? 그럼 제때 시간을 잘 맞춰서 온 거야.”

“너 어디로 가는데? 집으로 돌아가는 거야?”

“그래 맞아, 집으로 가는 거야. 나의 영원한 집, 내 마지막 집으로.”

“안 돼, 안 돼, 헬렌!”

슬픔이 북받쳐 말을 이을 수 없었다. 순간 그녀가 심하게 기침을 했다. 얼마 후 기침이 멎자 그녀가 말했다.

“너 맨발이구나. 여기 누워서 내 이불을 덮어.”

나는 그녀가 하자는 대로 했다. 그녀가 한쪽 팔을 내 가슴 위에 올려놓았고 나는 그녀에게 몸을 바짝 붙였다. 얼마간 침묵이 흐른 뒤에 그녀가 낮은 목소리로 내게 말했다.

“제인, 나는 지금 행복해. 내가 죽었다고 사람들이 말하더라도 슬퍼하지 마. 그럴 필요가 하나도 없으니까. 우리는 모두 언젠가는 죽게 되어 있잖아. 게다가 나를 죽음으로 인도하는 이 병은 나를 괴롭히지도 않아. 아주 편안하게 조용히 진행되거든. 내 영혼은 지금 아주 평온해. 내 죽음을 슬퍼해줄 사람도 없어. 아빠가 한 분 계시지만 최근에 재혼하셨어. 그러니 나를 그리워하시지도 않을 거야.”

“하지만 헬렌, 너 어디로 가는 거니? 거길 볼 수 있어? 거기가 어딘지 알아?”

“내게는 믿음이 있어. 나는 하나님께 가는 거야. 나는 그분이 선하시다는 걸 믿어. 나는 나를, 내 안에 있는 불멸하는 것을 그분께 다시 돌려드리려는 거야. 하나님은 나의 아버지이시고 친구셔. 나는 하나님을 사랑하고 하나님도 나를 사랑하신다고 믿어.”

“헬렌, 내가 죽으면 너를 다시 만날 수 있을까?”

“너도 그 행복의 나라로 오게 될 거야. 사랑하는 제인, 틀림없어!”

나는 다시 한 번 물었다. 그러나 이번에는 속으로 나 혼자 물어본 것이었다.

‘그런 나라가 어디 있어? 그런 나라가 있기나 한 거야?’

그러면서 헬렌을 꼭 껴안았다. 그 어느 때보다도 그녀가 더 소중했다. 그녀를 도저히 떠나보낼 수 없을 것 같았다. 그러자 그녀가 한층 더 다정한 목소리로 말했다.

"아, 너무나 편안해. 이제 곧 잠이 들 것 같아. 제인, 내 곁을 떠나지 마. 너랑 같이 있고 싶어."

그녀와 나는 서로에게 입맞춤을 해주었고 둘이 함께 잠에 빠져들었다.

내가 잠에서 깨어났을 때는 이미 날이 밝아 있었다. 평소와는 뭔가 다른 움직임에 내 눈이 뜨인 것이다. 얼굴을 들어보니 나는 누군가의 팔에 안겨 있었다. 간호사였다. 그녀는 나를 안고 기숙사로 데려가는 중이었다. 그녀는 나를 조금도 꾸중하지 않았으며 내가 아무리 물어도 아무 대답도 해주지 않았다.

하루 이틀 뒤에 들은 이야기에 따르면, 방으로 돌아온 템플 선생님이 한 침대 위에 누워 있는 나와 헬렌을 발견했다고 한다. 나는 헬렌 번스의 어깨에 얼굴을 묻고 팔로 그녀의 목을 두르고 있었다. 나는 그렇게 잠들어 있었고, 헬렌은, 헬렌은…… 죽어 있었다.

제10장

　　지금까지 나는 내 보잘것없는 어린 시절 이야기를 시시콜콜 늘어놓았다. 내 유년기 10년의 생활에 대해 그에 거의 맞먹는 장(章)을 할애한 것이다. 하지만 나는 『자서전』을 쓰고 있는 게 아니다. 기억나는 대로 모든 걸 다 써서 독자에게 폐를 끼치고 싶은 생각은 없다. 나는 이후 8년을 훌쩍 뛰어넘을 작정이다. 다만 내 유년 시절과 8년 후의 나를 이어줄 몇 줄의 설명만 덧붙이기로 하자.

　　티푸스는 그렇게 수많은 희생자를 낸 후 로우드에서 물러갔다. 하지만 그 덕분에 로우드 학교는 사회의 주목을 받았다. 왜 그 학교에 전염병이 창궐했는지 조사가 이루어졌으며 모든 사람의 분노를 살 만한 갖가지 사실들이 차례차례 밝혀졌다. 학교가 건강에 좋지 못한 곳에 자리 잡고 있다는 사실, 허섭스레기 같은 음식, 위생 상태가 좋지 않은 물, 형편없는 의복과 잠자리 등, 학생들이 열악하기 그지없는 환경에서 지내고 있다는 사실이 낱낱이 밝혀졌다. 브로클허스트 씨로서는 치명적 타격을 입은 셈이었지만 로우드 인스티튜션에는 대단히 유익한 결과를 가져다준 셈이었다.

지역 유지들이 더 좋은 곳에 새로운 시설을 세울 수 있도록 기부를 했고 새로운 규정이 만들어졌으며 식사와 의복 등, 생활환경 개선책이 마련되었다. 학교 기금은 운영위원회에서 관리하게끔 되었고 브로클허스트 씨는 본인의 재물과 가문 덕분에 쫓겨나지 않고 여전히 재정 관리인직을 수행했지만 그 권한은 대폭 축소될 수밖에 없었다. 이처럼 개선된 학교는 진정으로 유익하고 훌륭한 학교로 탈바꿈했다. 학교가 그렇게 탈바꿈을 한 이후에도 나는 그곳에 8년을 머물렀다. 6년간은 학생으로, 나머지 2년은 교사 자격으로.

8년 동안 그곳에서의 내 생활은 단조로웠다. 하지만 나는 무기력하게 지내지 않았고 그렇기에 절대 불행하지 않았다. 얼마 되지 않아 나는 그곳 최상급 반에서도 가장 우수한 학생이 되었다. 그런 후 내게 교사직이 주어졌으며 두 해 동안 그 임무를 열심히 수행했다. 그러나 두 번째 해가 끝나갈 무렵 내 심경에 변화가 생겼다.

이런 일들이 일어나는 중에도 템플 선생님은 여전히 학교 교장직을 맡고 계셨다. 내가 쌓아올린 지식은 물론이고 내 삶의 중요한 부분에서 온갖 가르침을 주신 분이 바로 그분이다. 그녀가 내 옆에 있으면서 내게 보내준 애정은 언제나 큰 힘이 되었고 나를 위안해주었다. 그녀는 내게 어머니였으며 가정교사였고, 나중에는 친구가 되었다. 그런데 그런 그녀가 내 곁을 떠났다. 결혼하여 먼 지역으로 가버린 것이다. 그녀의 남편은 목사였으며 어느 모로 보나 그녀에게 딱 어울리는 훌륭한 분이었다. 이제 그녀는 내게서 영영 사라져버렸다.

템플 선생님이 떠난 그날부터 나는 이미 예전의 내가 아니었다. 로우드를 안정된 내 집처럼 생각하던 나, 이곳에서 친밀한 유대감을 느끼던 내가 그녀와 함께 어디론가 떠나버린 것이다. 나는 그녀의 성격과 생활 습관을 많은 부분 내 것으로 받아들여 흡수했다. 그녀에게 배운 덕분에 조화롭게 생각하고 행동할 줄 알게 되었다. 헌신적으로 의무를 다했고 질서에 순응했다. 그러나 선생님이 떠나자 내 안에 들어와 있던 선생님의 모습이 동시에 나를 떠났다. 선생님을 배웅하고 며칠이 지난 후 나는 그것을 홀연 깨달았다.

나는 다시 내 본연의 모습을 되찾았고 해묵은 내 안의 옛 감정들이 꿈틀거리는 것을 느꼈다. 그렇게 차분하게 살아갈 능력이 사라진 것이 아니라 그렇게 살아갈 이유가 더 이상 내게 없다는 것을 깨달은 것이다.

로우드에 온 지 한 세기가 흐른 것 같았지만 그동안 나는 단 한 번도 이곳을 떠난 적이 없었다. 외숙모는 한 번도 게이츠헤드 장으로 나를 부른 적이 없었고 그곳 가족 중 아무도 이곳을 찾아온 사람은 없었다. 나는 바깥세상과 소통한 적도 없었다. 내가 알고 있는 것이라고는 그저 교칙, 교무, 학교의 관습과 정신, 학교에서 매일 보고 듣는 복장과 목소리가 전부였다.

그리고 그 모든 것에 만족하던 내가, 그것만으로는 뭔가 부족하다는 것을 느끼기 시작한 것이다. 나는 자유를 갈망했다. 자유를 갈망하며 거친 숨을 몰아쉬었고 자유를 갈망하며 기도했다. 하지만 내가 진정으로 갈망하는 자유는 산들산들 불어오는 바람을 타고 흩어져버리는 것만 같았다. 나는 곧 그 희망을 버렸다. 그 대신 훨씬 소박한 것을 원했다. 나는 변화를 갈망했다. 그러나 그 애원조차도 허공 속으로 사라지는 것 같았다. 그러자 나는 소리쳤다.

"오오, 내게 최소한 새로운 예속의 삶이라도 주어지기를!"

나는 생각했다.

'그래, 새로운 예속! 거기에도 무엇인가가 있을 거야. 그건 그렇게 달콤하게 나를 유혹하지는 않아. 자유, 기쁨, 환희, 그런 단어들은 너무 달콤해. 하지만 그 단어들은 너무 허망하고 덧없어. 거기에 귀를 기울이는 건 시간 낭비일 뿐이야. 하지만 예속! 그래, 그건 현실이야! 누구나 그 누군가에, 혹은 그 무엇인가에 매어 봉사하는 삶을 살 수 있어. 나는 8년간이나 이곳에 매어 그렇게 살아온 거야. 지금 내가 원하는 건 다른 곳에서 그런 삶을 살겠다는 거야. 새로운 곳, 새로운 집에서, 새로운 얼굴들과 새로운 일들을 만나고 겪으며 살아가겠다는 거야. 엄청나게 큰 걸 원하는 것도 아니잖아.'

결국 나는 새 일자리를 찾아보겠다고 결심하고 주(州) 「헤럴드」지에 광고를 냈다. 광고 내용은 다음과 같았다.

교사직 경험이 있는 젊은 숙녀가 열네 살 미만의 어린아이 가정교사직을 구함. 영어를 비롯하여 프랑스어, 미술, 음악 등을 가르칠 수 있음. 답장은 로턴 우체국 J.E. 앞으로 보내주기 바람.

　1주일 후 나는 로턴 우체국에 들러서 답장을 받아볼 수 있었다. 아주 짤막한 내용이었다.

　J.E. 양이 광고에 실린 대로 자격을 갖춘 분이라면 일자리를 제공할 수 있음을 알립니다. 학생은 열 살이 채 안 된 여자아이 한 명뿐입니다. 연봉은 1년에 30파운드입니다. 신원 증빙 서류, 이름, 주소, 기타 세부 사항들을 '밀코트 인근 손필드 장, 페어팩스 부인' 앞으로 보내주시기 바랍니다.

　나는 곧장 떠날 준비를 하기 시작했다. 새로운 교장 선생님은 이곳보다 두 배의 연봉을 받을 수 있는 일자리를 얻었다고 하자 선선히 응낙해주었고 「신원 증명서」도 작성해주었다. 나는 답장에 쓰인 주소로 그곳에서 일하겠다는 응낙의 「편지」와 「증명서」들을 보냈다.

　짐은 간단했다. 옷가지도 별로 없었지만 그것으로 충분했다. 떠나기 전날 나는 8년 전 게이츠헤드 장을 떠나올 때 가져왔던 트렁크에 내가 가져갈 짐을 넣었다.

　드디어 출발할 날이 되었다. 나는 미지의 곳에서 나를 기다리고 있는 내 미지의 삶을 향해, 마차에 내 몸을 실었다.

제11장

소설의 새 장(章)은 어떤 면에서는 연극의 새로운 장(場)과 닮은 점이 있다. 독자여, 막이 오르면 당신 눈앞에 밀코트 시에 있는 '조지 왕 여관'의 방 안 풍경이 펼쳐져 있다고 상상하라. 그 방 한가운데에는 난로가 활활 타오르고 그 옆에 외투를 걸친 내가 앉아 있고 탁자 위에는 내 우산과 머플러가 놓여 있다. 나는 10월 추위 속에 열여섯 시간이나 여행했기에 난롯불을 쬐며 냉기를 녹여내고 있다. 로턴을 떠난 게 오후 4시였는데 밀코트 시의 시계는 아침 8시를 가리키고 있다.

독자 여러분에게는 그렇게 불을 쬐고 있는 내 모습이 아주 편안해 보일지도 모른다. 하지만 내 속마음은 그다지 편치 않았다. 역마차가 이곳에 도착하면 누군가가 나를 기다리고 있으리라고 생각했다. 누군가 내 이름을 불러 나를 찾거나, 혹은 손필드 장으로 나를 데려가기 위해 마차가 대기하고 있기를 기대했다. 하지만 그와 비슷한 것은 전혀 눈에 띄지 않았다.

30분이 지나도록 그 누구도 나를 찾는 사람이 없자 나는 불안해지기 시작했다. 초인종을 눌러 여관 급사를 불러 물었다.

"이 근처에 손필드 장이라는 저택이 있어요?"

그러자 그가 잘 모르겠다고 하더니 프런트에 가서 물어보고 오겠다고 말했다. 잠시 후 다시 돌아온 그가 내게 말했다.

"혹시 성함이 미스 에어 되세요?"

"맞아요."

"방 밖에서 어떤 분이 기다리고 계십니다."

나는 너무도 반가워 우산과 머플러를 집어 들고 서둘러 밖으로 나갔다. 대문 앞에 늙수그레한 남자가 서 있었고 길가에 말한 마리가 끄는 마차가 서 있었다. 그 사내는 나를 보자, "이게 당신 짐인가요?"라고 퉁명스럽게 말한 후, 입구에 놓여 있던 트렁크를 마차에 실었다. 이어서 내가 마차에 올랐고 그가 마차 문을 닫기 전에 내가 물었다.

"여기서 손필드 장까지는 거리가 얼마예요?"

“6마일가량 됩니다. 한 시간 반 정도 걸릴 겁니다.”

그가 마차 문을 닫은 후 마부 자리에 앉아 마차를 몰기 시작했다.

길은 험했고 밤안개가 짙게 깔렸다. 마부는 말을 힘껏 몰지 않았기에 한 시간 반가량 걸린다던 것이 두 시간 이상으로 늘어났다. 마침내 그가 뒤를 돌아보며 말했다.

“이제 거의 다 왔습니다.”

10분쯤 지나자 마차가 섰고 마부가 마차에서 내리더니 양쪽으로 열리는 대문을 열었다. 마차가 안으로 들어가자 뒤에서 문이 쾅 소리를 내며 닫혔다. 우리는 천천히 경사진 길을 올라갔고 드디어 저택 건물의 정면에 도착했다. 칠흑같이 어두운 가운데 돌출 창문들 커튼 뒤에서 불빛이 어른거렸다. 마차가 문 앞에 서자 하녀 한 명이 나와 문을 열었고 나는 마차에서 내려 안으로 들어갔다.

나이 어린 하녀가 이끄는 대로 따라가니 그 애가 나를 촛불과 난롯불이 이중으로 밝히고 있는 방으로 안내했다. 매우 안락한 작은 방이었다. 밝게 타오르는 난로 옆에 둥근 테이블이 놓였고 등이 높은 안락의자에 아주 단정하게 차려입은 나이 지긋한 부인이 앉아 있었다. 미망인이 쓰는 모자를 쓰고 검은색

비단 가운에 하얀 모슬린 에이프런을 걸친 모습은 내가 상상했던 페어팩스 부인의 모습 그대로였다. 하지만 생각했던 것보다는 훨씬 덜 위압적이었으며 온화해 보였다.

그녀는 뜨개질을 하고 있었고 발밑에는 고양이가 한 마리 앉아 있었다. 한마디로 이상적인 안락한 가정의 그림에서 무엇 하나 빠지는 게 없었다. 아마도 낯선 곳에서 새로 가정교사 일을 하러 온 사람에게 이보다 더 마음 놓이게 하는 첫 대면 장면은 없을 것이다.

내가 방 안으로 들어서자 그녀는 자리에서 일어서더니 정겹게 나를 맞으며 말했다.

"어땠어요, 선생님? 여행하는 동안 지루했지요? 존이 마차를 여간 느리게 모는 게 아니라서 걱정했어요. 추웠을 거예요. 자, 가까이 와서 불을 쬐도록 해요. 내가 페어팩스예요."

그러더니 그녀는 하녀에게 말했다.

"레아, 가서 데운 포도주하고 샌드위치를 가져와라."

나는 지금까지 받아본 적이 없는 친절한 대접을 받고 당황스러웠다. 게다가 나를 고용한 주인이면서 연장자인 부인이 이런 대접을 해주니 황송하기까지 했다.

나는 하녀가 가져온 차와 샌드위치를 먹으며 그녀에게 공손하게 물었다.

"저, 오늘 페어팩스 양을 만날 수 있을까요?"

그러자 그녀가 내게 말했다.

"페어팩스 양이요? 아, 바랑 양 말씀이군요. 앞으로 선생님이 맡아 가르칠 아이 이름이 아델 바랑이랍니다."

"정말이요? 그렇다면 그 애는 부인의 따님이 아니란 말씀인가요?"

"네, 내게는 가족이 없어요."

그렇다면 바랑 양과 그녀가 어떤 인척 관계인지 나는 물어보고 싶었다. 하지만 처음부터 너무 많은 질문을 하는 건 결례라는 생각에 질문을 접었다. '앞으로 차차 알게 되겠지'라고 속으로 생각했다.

그녀는 이 집에 사람이 없어 쓸쓸하던 차에 내가 와서 정말 기쁘고 반갑다고 말한 후 덧붙였다.

"너무 오래 선생님을 붙잡으면 안 되겠지요. 벌써 자정이 가까운데다 온종일 여행을 했으니 고단할 거예요. 바로 내 방 옆에 선생님 방을 마련해놓았어요. 내가 침실로 안내할게요."

그녀가 촛불을 들고 앞장서자 나는 뒤를 따랐다. 우리는 계단을 통해 2층으로 올라갔다. 계단과 복도는 마치 지하실처럼 서늘해서 이 웅장한 저택에 사람들이 살지 않은 채 버려진 것 같은 느낌을 주었다. 그래서 그런지 현대식 가구가 비치된 작고 아늑한 내 방으로 안내받아 들어갔을 때는 너무 안심되고 기뻤다. 나는 너무 피곤했기에 감사 기도를 드린 후 곧바로 달콤한 잠에 빠져들었다.

다음 날 내가 잠에서 깨어났을 때는 이미 날이 훤히 밝아 있었다. 파란색 커튼 사이로 들어온 아침 햇살이 방 안을 환하게 밝혔다. 얼룩지고 지저분한 로우드 학교의 회반죽 벽과는 전혀 다른, 화사한 벽지가 발린 벽, 카펫이 깔린 방바닥이 눈에 들어오자 나는 저절로 기분이 상쾌해졌다. 이제 내 삶에서 가시밭길은 끝나고 기쁨을 누리게 될 새날이 시작되고 있는 것만 같았다. 내가 정확하게 뭘 기대하고 있는지도 모르는 채 막연히 새로운 희망이 솟는 것만 같았다.

내가 가진 보잘것없는 옷 중에서 그래도 가장 나아 보이는 옷을 입고 정성껏 머리를 빗은 후 나는 밖으로 나갔다. 반들거리는 참나무 계단을 내려가 저택의 홀로 갔다. 그곳에 잠시 머물면서 벽에 걸린 그림들과 천장에 걸린 청동 램프, 고풍스러운 시계 등을 감상했다. 모든 것이 장엄하다 못해 위압적이었다. 이때까지 그런 분위기를 전혀 경험하지 못했기에 더욱 위풍당당해 보였다.

문은 열려 있었다. 나는 밖으로 나갔다. 맑게 갠 가을 아침이었다. 나는 잔디밭을 거닐며 저택을 바라보았다. 거대하다고까지는 할 수 없었지만, 꽤 큰 3층 건물이었고 귀족의 성이라기보다는 부르주아 신사의 저택 같았다. 지붕에 총안(銃眼)이 빙 둘러 뚫려 있어서 마치 그림 같은 느낌을 주었다. 잿빛의 정면 뒤로는 숲이 우거지고 까마귀 떼들이 날고 있었다. 까마귀 떼들은 하늘을 날아다니다가 잔디밭과 정원을 지나 광활한 목초지에 내려앉았다. 목초지 뒤로는 거대한 가시 달린 나무들이 울타리처럼 늘어서 있어 손필드(가시 들판)라는 이곳 이름의 유래를 알 수 있었다.

나는 그 고즈넉한 풍경과 쾌적하고 신선한 아침 공기를 만끽하면서 이 저택이 페어팩스 부인처럼 자그마한 부인이 혼자 살기에는 너무 크지 않은가 하는 생각을 하고 있었다. 그런데 바로 그때 부인의 모습이 문 앞에 나타났다.

나를 보자 그녀가 말했다.

"손필드 장이 마음에 들어요?"

내가 정말 마음에 든다고 대답하자 그녀가 말을 이었다.

"그래요. 정말 좋은 곳이지요. 하지만 로체스터 씨가 이곳에 계속 살려 하지 않는다면, 혹은 최소한 지금보다는 더 자주 이곳에 머물게 되지 않는다면 점점 더 황폐해지지 않을까 걱정이에요. 훌륭한 정원이랑 저택은 주인이 있어야 하는 거니까요."

"로체스터 씨라니요? 그분이 누구시지요?"

"손필드 장의 주인이지요."

그녀가 조용히 대답했다. 그리고 내게 되물었다.

"그분 이름이 로체스터 씨라는 걸 몰랐나요?"

내가 그 사실을 알 리가 없었다. 하지만 부인은 그의 존재를 세상 사람 모두가 알고 있는 것처럼 여겼다.

내가 그녀에게 말했다.

"저는 손필드 장이 부인 소유인 줄 알았어요."

"제 거라고요? 무슨 그런 생각을! 나는 그냥 관리인일 뿐이에요. 하긴 로체스터 씨 외가 쪽과 저는 먼 친척뻘이 되긴 해요. 적어도 제 남편은 피가 섞였지요. 로체스터 씨 어머니 이름이 페어팩스였고 그분이 목사였던 제 남편과 8촌 간이었어요. 하지만 그런 인척 관계는 아무 상관없어요. 나는 나를 그냥 평범한 관리인이라고 생각하고 있어요. 주인이 늘 내게 친절하게 대해주니 더 이상 바랄 게 없지요."

"그럼 제가 맡게 될 꼬마 아가씨는요?"

"로체스터 씨가 후견을 맡고 있는 아가씨지요. 주인께서 내게 가정교사를 찾아보라고 하신 거예요. 아, 마침 저기 보모랑 함께 오고 있네요."

이제 모든 수수께끼가 풀렸다. 이 상냥한 부인은 귀부인이 아니라 나처럼 그냥 피고용인이었다. 그렇다고 해서 그녀에 대한 내 생각이 바뀐 것은 아니었다. 오히려 전보다 그녀가 더 좋아졌다고 말하는 것이 옳다. 그녀가 내게 친절했던 것은 윗사람이 아랫사람에게 베푼 호의가 아니었다. 그녀와 내가 동등한 입장이라는 게 엄연한 현실이었고, 나는 그만큼 자유로워진 셈이었다.

새롭게 알게 된 사실에 대해 이런저런 생각을 하고 있을 때 꼬마 여자아이가 잔디밭을 뛰어왔다. 나는 내 학생을 바라보았다. 나이가 일고여덟쯤 된 것 같았고 자그마한 몸집에 새하얀 얼굴빛을 하고 있었다. 풍성한 곱슬머리 가락은 허리까지 늘어져 찰랑거렸다.

페어팩스 부인이 그 애에게 말했다.

"안녕, 아가씨! 어서 와서 선생님께 인사해요. 이분이 아가씨를 의젓한 숙녀로 만들어주실 거야."

아이가 다가와서 보모에게 물었다.

"이분이 내 가정교사이신가요?"

나는 깜짝 놀랐다. 프랑스어였던 것이다.

그러자 보모가 프랑스어로 "물론이지요"라고 대답했다.

내가 페어팩스 부인에게 물었다.

"둘 다 외국인인가요?"

"보모는 외국인이에요. 아델은 유럽 대륙에서 태어났고요. 6개월 전에 이곳으로 올 때까지는 거길 떠난 적이 없었어요. 여기 처음 왔을 때는 영어를 전혀 못 했는데 지금은 제법 알아듣고 떠듬거리기도 해요."

다행히 나는 로우드에서 프랑스 사람에게서 직접 프랑스어를 배웠고 지난 7년 동안 잊지 않고 열심히 연습해서 프랑스어를 상당히 유창하게 할 수 있었다. 내가 프랑스어로 아델에게 말을 걸자 아이는 너무 기뻐하며 내게 프랑스어로 자기 보모 소피와 커다란 배를 타고 여기에 왔다고 조잘댔다.

아침 식사를 마친 후 아델과 나는 서재로 갔다. 그 방을 공부방으로 사용하라고 로체스터 씨가 지시해놓은 것 같았다. 서재에는 책이 그득 들어찬 책장들과 작은 피아노 한 대, 그림 그릴 때 쓰는 이젤, 지구의 등이 이미 준비되어 있었다.

아이는 말을 잘 들었지만 공부에 열성을 보이지는 않았다. 이런 규칙적인 생활에는 익숙하지 않은 것 같았다. 나는 처음부터 아이를 너무 다잡는 것은 현명하지 못하다고 판단했다. 오전까지만 아이를 붙잡고 간단히 이것저것 가르친 후에 보모에게 돌려보냈다.

나는 저녁 식사 전까지 그 애를 가르치는 데 필요한 그림들을 스케치로 그리기로 작정했다.

스케치북과 연필을 가지러 2층으로 올라가다가 페어팩스 부인을 만났다. 나를 본 부인은 내게 저택을 구경시켜주겠다고 했고 나는 기꺼이 그녀의 제안을 받아들였다.

나는 그녀를 따라 화려한 응접실이라고 하는 게 어울릴 만한 식당, 로체스터 씨가 언제나 예고 없이 돌아오기 때문에 그가 없더라도 항상 깨끗하게 치워놓는 화려한 방들을 구경했다. 로체스터 씨의 방을 나오면서 내가 그녀에게 물었다.

"로체스터 씨는 어떤 분이세요? 혹시 엄하고 까다로운 분인가요?"

그 방이 먼지 하나 없이 깨끗하게 정돈된 것을 염두에 두고 한 말이었다.

"딱히 그런 건 아니에요. 신사다운 취미와 습관을 가지고 계신 분이지요. 거기에 맞게 모든 게 정리 정돈되기를 바라고 계시지요.”

“그분을 좋아하세요? 사람들은 그분을 좋아하나요?”

“아무렴요, 그렇고말고요. 좋아하지 않을 이유가 없지요. 소작인들 모두 그분을 너그럽고 공정한 분이라고 하지요. 로체스터 씨는 아주 좋은 주인이랍니다.”

내가 나의 고용주에 대해서 페어팩스 부인에게서 들은 이야기는 그것이 전부였다. 그날 나는 그녀를 따라 집 안 구석구석을 구경하면서 모든 것이 제자리에 잘 정돈되어 있는 것을 보고 감탄하고 또 감탄했다.

3층까지 방들을 모두 구경하고 난 후 부인이 내게 옥상으로 가서 경치를 구경하자고 제안했다. 우리는 좁은 계단을 올라 다락방까지 간 다음, 거기서 다시 사다리를 통해 저택 옥상에 이르렀다. 옥상에 올라 들창을 열고 아래를 내려다보니 벨벳처럼 화사한 잔디밭이 저택 주변을 빽빽이 감싸고 있었고 저 넓은 들판에는 키 큰 고목들이 울타리처럼 목초지를 둘러싸고 있었다. 그리고 저 멀리 마을 성당, 마찻길, 완만한 언덕 등 모든 것들이 가을 햇살 아래 평온하게 숨을 쉬고 있는 듯 보였다. 기분이 너무 상쾌했다.

페어팩스 부인이 들창을 잠그기 위해 남아 있는 사이, 나는 더듬더듬 혼자 옥상에서 내려왔다. 계단을 내려온 후 복도에서 잠시 페어팩스 부인을 기다렸다. 복도는 비좁고 낮았으며 멀리 창문이 하나밖에 없어 무척 어두웠다. 어두운 가운데 좌우로 닫힌 방문들이 죽 늘어선 것이 마치 동화 속에 나오는 성 같았고 방마다 무슨 비밀이 숨겨져 있는 것만 같았다.

나는 조심조심 앞으로 걸음을 옮겼다. 그런데 갑자기 어디선가 웃음소리가 들렸다. 기이한 웃음소리였다. 딱딱 끊듯이 또렷했으며 즐거운 기색이라고는 전혀 찾아볼 수 없는 웃음소리였다. 나는 걸음을 멈추었다. 웃음소리도 그쳤다. 하지만 잠시 후 다시 웃음소리가 들렸다. 좀 전보다 더 큰 웃음소리였다.

나는 큰 소리로 페어팩스 부인을 불렀다. 부인이 계단을 내려오는 소리가 들렸던 것이다.

"저 웃음소리를 들으셨어요?"

그녀가 대답했다.

"하녀들 중 한 명일 거예요. 아마 그레이스 풀이겠지요. 이곳 방들 중 한곳에서 바느질을 하곤 해요. 레아도 함께 할 때가 있고요. 둘이 있으면 얼마나 시끄럽다고요."

그때 다시 웃음소리가 시작되었다. 그러자 페어팩스 부인이 "그레이스!"라고 고함을 질렀다.

솔직히 말한다면 나는 그레이스라는 하녀가 실제로 나타나리라고는 기대하지 않았다. 그만큼 그 웃음소리는 이제까지 내가 들었던 그 어떤 웃음소리보다 구슬펐고 괴기했다. 한낮이 아니었더라면 나는 유령이라도 나온 게 아닌가, 두려움에 떨었을 것이다. 그런데 내가 정말 어처구니없이 두려워했다는 것이 곧 드러났다. 내게서 가장 가까운 곳의 방문이 열리더니 하녀 한 명이 나타난 것이다.

하녀는 나이가 서른에서 마흔 사이로 보였으며 몸집이 우람했고 빨간색 머리칼을 한, 못생긴 여자였다. 그녀는 굳은 표정을 하고 있었다.

그녀를 보자 페어팩스 부인이 말했다.

"너무 시끄럽구나, 그레이스. 지시한 걸 잊었니?"

그레이스는 조용히 인사를 한 후 다시 방으로 들어갔다. 그러자 부인이 내게 말했다.

"바느질도 하고, 레아를 도와 집안일도 돌보라고 고용한 하녀예요. 못마땅한 점도 있지만 일은 잘한답니다. 그건 그렇고 오늘 아침 새 학생을 가르쳐보니 어때요?"

그렇게 아델에게로 옮아간 화제는 밝고 환한 1층에 도착할 때까지 이어졌다. 1층으로 내려가니 아델이 우리를 반갑게 맞았고 우리는 아침 식사가 준비된 페어팩스 부인의 방으로 들어갔다.

제12장

이렇듯 손필드 장과 나의 첫 대면은 순조로운 나의 앞날을 예견해주듯 따뜻한 분위기 속에서 화기애애하게 이루어졌다. 그리고 그곳이 익숙해질수록, 또한 그곳에 사는 사람들과 친숙해질수록 내 기대는 버림받지 않았다.

페어팩스 부인은 처음 받았던 인상 그대로 차분한 성격에 친절한 심성을 지니고 있었다.

나의 학생은 성격이 쾌활한 소녀였다. 워낙 응석받이로 자랐기에 제멋대로인 게 좀 문제이긴 했지만 아무도 내 교육에 대해 간섭하는 사람이 없었기에 나는 내 계획대로 그 애를 바로잡았고 아이는 점차 말 잘 듣는 착한 아이가 되어갔다. 아이는 특별한 재능이 있는 것도 아니었고 두드러진 특징도 없었다.

그리고 보통 아이보다 특출한 감수성이나 취향을 지닌 것도 아니었다. 하지만 그 애를 수준 이하라고 여기게 할 만한 결점도 없었다. 아이는 모든 면에서 그런대로 발전해갔고 나에 대해 대단히 깊다고까지는 할 수 없지만 꽤 큰 애정을 품고 있었다. 아이는 내 맘에 들려고 애를 썼고 천진했으며 쾌활했다. 그래서 우리 둘 사이에는 서로가 서로에 대해 만족하기에 충분할 정도의 애정이 생겨났다.

독자들은 내가 이렇게 쾌적한 환경에서 충분히 애정을 가질 만한 사람들, 나를 충분히 좋아해주는 사람들과 함께 지내면서 더없는 행복을 느꼈으리라고 기대할지 모른다. 더욱이 내가 이전까지 그 얼마나 열악한 환경에서 지내왔는가? 마치 천국에 온 것처럼 매일매일 기뻐하고 감사하며 지내는 것이 당연할지도 모른다.

하지만 내 본성 속에는 한곳에 안주하지 못하는 기질이 숨어 있었다. 내게는 활동이 필요했다. 어떤 때는 그런 기질이 숨도 쉬지 못할 정도로 나를 흔들어댔다.

인간은 평온한 삶 속에서 만족과 행복을 찾을 줄 알아야 한다고 말하는 건 헛소리다. 인간은 활동해야 하고 만일 활동 거리를 찾지 못한다면 스스로 그런 걸 만들어내야 한다. 수없이 많은 사람들이 나보다 더 정적인 삶을 살아야 하는 처지에 놓이지만, 수없이 많은 개인이 자신의 운명에 대해 반란을 일으키는 것도 사실이다.

일반적으로 여성들은 남성들보다 조용한 심성을 지녔다고들 생각한다. 하지만 여성들도 남성들과 같은 감정을 지니고 있다. 여성들도 자신의 능력을 발휘할 필요가 있으며 남성 형제들처럼 노력을 기울일 터전이 필요하다. 여성들도 남성들과 마찬가지로 가혹한 제약이 가해지거나, 너무 한곳에 정체되어 있으면 고통스러워한다. 같은 인간으로서 더욱 많은 특권을 누리는 남자 형제들이, 여자들이 할 일이란 집구석에서 푸딩이나 만들고 양말이나 짜고 피아노나 연주하고 가방에 자수나 놓는 일뿐이라고 말한다면, 그건 너무나 편협한 것이다.

나는 홀로 있을 때 가끔 그레이스 풀의 웃음소리를 들을 수 있었다. 그 웃음소리에는 절대로 익숙해질 수 없었다. 언제나 처음처럼 느리고 낮은 웃음소리였고 그때마다 나는 몸이 떨려왔다. 어떤 때는 웅얼웅얼하는 말소리도 들렸는데 웃음소리보다 더 기괴했다. 이따금 나는 방에서 나온 그녀의 모습을 볼 수도 있었다. 손에는 쟁반이나 접시를 든 채 부엌으로 내려왔다가 흑맥주가 담긴 큰 잔을 들고 황급히 3층으로 올라가곤 했다. 나는 그녀의 웃음소리를 생각하고 그녀의 모습을 살피곤 했지만 그녀의 외모에 주목을 끌 만한 것은 아무것도 없었다. 내가 몇 번 그녀와 이야기를 나누려 한 적도 있었지만 그녀는 워낙 말수가 적었다. 내가 말을 걸어도 툭 한 마디만 던지고 그만이어서 대화가 이어질 수 없었다.

그 외에 존과 요리사 일을 하는 그의 부인 메리, 가정부 레아, 프랑스인 보모 소피는 모두 별로 주목할 것 없이 무던한 사람들이었다.

그렇게 10월, 11월, 12월이 지나가고 정월이 되었다. 1월 어느 날 오후 페어팩스 부인이 감기에 걸린 아델을 하루 쉬게 해 달라고 부탁했다. 나는 기꺼이 그녀의 청을 들어주었다.

몹시 춥긴 했지만 날씨는 좋았다. 오전 내내 서재에 앉아 있자니 갑갑증이 나기 시작했다. 마침 페어팩스 부인이 「편지」를 한 통 써서 부치려던 참이었다. 내가 헤이 마을로 가서 「편지」를 부치고 오겠다고 자청했다. 마을까지는 2마일 거리였다. 기분을 전환할 산책 코스로는 안성맞춤일 것 같았다. 나는 모자를 쓰고 망토를 걸친 후 길을 나섰다.

땅은 단단하게 얼어 있고 하늘에는 구름 한 점 없었으며 길에는 인적도 없었다. 내가 종탑 밑을 지날 때 시계가 3시를 쳤다. 서서히 다가오는 어스름, 천천히 지평선을 향해 기우는 희끄무레한 태양 빛이 그 시각이 주는 매력이었다. 손필드 장으로부터 1마일 정도 떨어진 곳에 이르자 오솔길이 나타났다. 여름철에는 들장미가 만발하고 가을철에는 견과류 열매들과 오디가 지천으로 달려 있는 그 길은 이제 완전한 적막 가운데 벌거벗은 나무들만 서 있을 뿐이었다. 나는 그 고적한 분위기를 만끽하며 천천히 걷고 있었다. 돌길 양옆으로는 아득히 멀리까지 들판이 펼쳐져 있었다.

헤이 마을까지는 아직 1마일이 더 남았다. 사방이 온통 정적에 휩싸인 가운데 어디선가 졸졸 시냇물 흐르는 소리만이 들려올 뿐이었고 나는 그 소리도 한껏 즐겼다.

그때였다. 어디선가 거친 소리가 들려와 시냇물 속삭이는 소리를 휘저어놓았다. 틀림없이 무언가 달려오는 소리였다. 잠시 후 소리가 가까워졌다. 길이 굽어서 아직 보이지는 않았지만 분명 말발굽 소리였고 점점 가까이 다가오고 있었다.

말발굽 소리가 가까워지면서 그와는 다른 소리도 섞여 있음을 알 수 있었다. 이어서 개암나무 아래 맹렬히 달려오고 있는 거대한 개 한 마리가 눈에 뜨였다. 검은색과 흰색이 얼룩덜룩 섞여서 나무와는 확연히 구별할 수 있었다. 그 뒤를 말이 따르고 그 말 위에는 사람이 타고 있었다. 그는 나를 지나쳐 갔고 나도 내 갈 길을 갔다. 그러나 나는 곧 뒤를 돌아볼 수밖에 없었다. 뭔가 둔탁하게 미끄러지는 소리가 났고 "이런 제기랄! 이게 도대체 뭐야!" 하는 외침과 함께 철퍼덕하는 소리가 들렸다.

남자와 말이 다 함께 나자빠져 있었다. 돌길을 살짝 덮고 있던 빙판에 말이 미끄러져 넘어진 것이다. 남자는 말에서 빠져나오려고 안간힘을 쓰고 있었다. 주변에 도와줄 사람이라고는 아무도 없었으므로 내가 그의 곁으로 가서 물었다.

"어디 다치신 데는 없으세요?"

그러나 그는 내게 "저리 비켜요!"라고 고함을 지르고는 먼저 무릎을 땅에 대고 몸을 일으킨 뒤 이어서 발을 딛고 섰다. 그러고는 온 힘을 다해 말을 일으켜 세웠다. 하지만 그는 말 위에 오르지는 않고 정강이를 어루만지더니 돌 위에 그대로 주저앉았다.

내가 그에게 말했다.

"혹시 도움이 필요하시면 손필드 장이나 헤이에서 누구를 불러올까요?"

“고맙지만 그럴 필요 없소. 뼈가 부러진 것도 아니고 그냥 삐었을 뿐이니.”

말을 하면서 그는 자리에서 일어나 발을 내디뎌보았다. 하지만 그는 “윽!” 하는 소리와 함께 다시 주저앉았다.

아직 희끄무레한 햇빛이 남아 있고 달빛이 점점 밝아지고 있어 그의 모습이 또렷이 보였다. 중간 정도 키에 가슴이 넓었다. 검은 눈에 안색은 거무스레했고 이마는 넓었다. 나이는 서른 중반쯤 돼 보였는데 잔뜩 찌푸리고 있는 것으로 보아 심사가 뒤틀린 것 같았다. 나는 그가 무섭지도 않았고 그에게 말을 거는 것이 쑥스럽지도 않았다.

만일 그가 잘생긴 젊은 청년이었다면 그가 마다하는데도 굳이 도움을 주겠다고 나서지는 않았을 것이다. 또한 내가 이 낯선 남자에게 말을 걸었을 때 그가 미소를 띠고 상냥하게 나왔거나 도와주겠다는 내 제안을 고마워하며 정중히 거절했다면 나는 다시 물어볼 생각도 못 하고 그냥 제 갈 길을 갔을 것이다. 그러나 그의 찡그린 얼굴과 거친 태도 때문에 오히려 마음이 편해졌다. 그래서 그가 어서 제 갈 길을 가라고 내게 손짓을 했을 때 나는 큰소리로 그에게 말할 수 있었다.

“선생님, 저는 당신이 무사히 말에 오르는 것을 볼 때까지는

이 시각, 이런 외진 곳에 선생님을 그냥 놔둔 채 떠날 수 없습
니다.”

내 말에 그는 나를 바라보았다. 이제까지 그는 내게 눈길 하
나 주지 않고 있었다. 그가 말했다.

“내가 보기엔 이 시각에 당신은 당신 집에 있어야 할 것 같
은데요. 당신 어디서 왔소?”

“저 아래 살아요. 원하신다면 빨리 헤이 마을에 가서 도움을
청하겠어요. 저는 그곳 우체국에 볼일도 있어요.”

“저 아래 산다? 저기 높이 솟은 집을 말하는 겁니까?”

그는 손필드 장을 손가락으로 가리키며 내게 물었다.

“네, 그렇습니다.”

“분명히 그 집 하녀는 아닌 것 같고. 음, 그렇다면 당신
은…….”

“저는 그 집 가정교사예요.”

“아, 가정교사!”

그가 내 말을 되받으며 말했다.

“이런 제길, 내가 그 생각을 못 했군! 가정교사라! 이보시오.
당신을 헤이까지 달려가게 할 수는 없소. 당신이 나를 도와줄
생각이라면 직접 도와줄 수 있을 거요.”

내가 그러겠다고 하자 그는 내 어깨를 짚고 말까지 걸어가더니 안장 위로 뛰어올랐다.

그가 내게 말했다.

"자, 어서 헤이로 가서 볼일을 보시오. 서둘러야 할 거요."

그가 말에 박차를 가하자 말이 힘차게 달려 나갔고 금세 개와 말이 시야에서 사라졌다.

사건은 그것으로 끝났다. 그냥 우연히 일어났다가 금방 끝난 사건일 뿐이었다. 낭만적인 것은 눈곱만큼도 없었고 재미있는 것도 없었다. 하지만 단조로운 내 삶에서 그 무언가 다른 일이 벌어진 한 시간이었다. 여느 때와는 다르게 변한 한 시간을 내게 마련해준 사건이었다.

그렇다. 누군가 내가 필요했고 나에게 도움을 요청했으며 내가 그에 응했다. 나는 능동적으로 한 남자를 도왔다. 이제까지 나는 수동적인 삶만 살아왔는데! 그 남자는 내 기억의 화랑에 걸린 새로운 그림과도 같았다. 그 그림은 다른 그림들과 달랐다. 우선 그 그림은 남자 그림이었다. 게다가 그 그림은 어둡고 강하고 준엄했다. 헤이 마을에 도착해서 「편지」를 우체통에 넣을 때도 그 그림이 눈앞에 어른거렸다. 손필드 장으로 돌아가는 언덕을 급하게 내려가면서도 마찬가지였다.

손필드 장 앞에 이르자 왠지 들어가기가 싫었다. 저택 문지방을 넘어간다는 것은 다시 침체된 생활로 돌아가는 것을 뜻했다. 나는 머뭇거렸다. 하지만 들어갈 수밖에 없었다. 나는 문을 열고 집 안으로 들어갔다.

나는 곧장 페어팩스 부인의 작은 방으로 갔다. 난롯불은 피워져 있었지만 촛불은 켜져 있지 않았고 부인도 없었다. 대신 얼룩덜룩한 개 한 마리가 난롯가에 앉아 있었다. 산길에서 만났던 개와 똑같이 생긴 개였다.

촛불을 밝혀야 해서 초인종을 울렸다. 물론 방 안을 점령하고 있는 손님에 대해서도 물어보고 싶어서였다.

잠시 후 레아가 들어오자 내가 물었다.

"이 개가 웬 개야?"

"주인님이 데리고 온 개예요. 주인님이 방금 오셨어요. 부인과 아델 모두 주인님과 함께 식당에 있어요. 존이 의사를 부르러 갔어요. 주인님께 사고가 있었대요. 말이 넘어지는 바람에 발목을 삐었대요."

제13장

의사의 지시대로 로체스터 씨는 일찍 잠자리에 들었다가 다음 날 늦게 자리에서 일어났다. 그가 아래로 내려온 것은 몇 가지 일을 처리하기 위해서였다. 대리인과 소작인들 몇 명이 아래층에서 그를 기다리고 있었다. 아델과 나는 서재를 비워줘야 했다. 그곳이 손님들을 맞는 응접실로 쓰였기 때문이다.

2층 방 중 하나에 불이 지펴졌고 나는 그곳으로 책들을 옮긴 후 교실로 쓸 수 있게 정리를 했다. 그날부터 손필드 장의 모든 것이 변했다. 이제 더 이상 성당처럼 정적에 휩싸이지 않았다. 매시간 문 두드리는 소리가 들렸고 벨이 울렸으며 현관을 오가는 발소리가 들렸다.

그날은 수업하기가 힘들었다. 들뜬 아델이 뻔질나게 드나들면서 응접실을 엿보곤 했기 때문이다. 로체스터 씨를 만나보고 싶기도 했고, 그가 가져온 선물이 궁금하기도 해서였을 것이다. 겨우겨우 오후 시간을 보내고 어둑어둑해지자 나는 아델에게 내려가봐도 좋다고 허락했다. 더 이상 손님이 찾아오지 않으리라는 생각에서였다.

아델이 아래로 내려가고 내가 홀로 남아 이런저런 상념에 젖어 있을 때 페어팩스 부인이 방으로 들어와 내게 말했다.

"주인님께서 오늘 저녁 선생님과 아델이랑 함께 차를 마실 수 있으면 좋겠다고 하세요. 온종일 바빠서 미처 선생님을 만날 시간이 없었다고 하시네요."

페어팩스 부인이 정장하고 가는 게 예의라고 해서 나는 내 방으로 가서 검은 모직 옷을 벗고 비단옷으로 갈아입었다. 옷을 갈아입는 내내 이런 식으로까지 할 필요가 있나 하는 생각이 떠나지 않았다. 나는 부인의 권고로 내게 단 하나뿐인 브로치까지 달았다. 템플 선생님이 이별의 정표로 준 것이었다.

나는 부인과 함께 아래층으로 내려갔다. 낯선 사람과 만나는 일에 익숙하지 않은 나로서는 이렇게 격식을 차리고 로체스터 씨 앞에 불려간다는 것이 너무 불편하게 여겨졌다. 나는 페어팩스 부인을 앞세우고 거의 그 뒤에 숨다시피 해서 우아한 살롱 겸 식당으로 들어갔다.

촛불 두 개가 테이블 위에, 다른 두 개가 벽난로 위에 놓여 있었다. 파일럿(그 얼룩무늬 개의 이름은 파일럿이었다)이 활활 타오르는 난로 불빛에 몸을 맡기고 아델은 그 옆에 앉아 있었다. 로체스터 씨는 쿠션에 발을 올려놓은 채 소파에 반쯤 누운 자세를 하고 있었다. 칠흑처럼 굵은 눈썹, 옆으로 빗은 검은 머리 때문에 더욱 각져 보이는 이마를 보고 나는 그가 길에서 만났던 나그네임을 단번에 알아보았다. 잘생겼다기보다는 개성적이라고 하는 게 나을 우뚝 솟은 코, 불같은 성격을 대변하고 있는 것 같은 넓은 콧구멍, 무섭게만 보이는 입과 턱 등, 그가 틀림없었다.

그는 나와 페어팩스 부인이 방에 들어온 것을 알았음이 분명했지만, 우리가 가까이 가도 시선을 돌리지 않았다. 마치 우리를 거들떠볼 기분이 아닌 것만 같았다.

"주인님, 에어 선생님이 오셨습니다."

페어팩스 부인이 언제나처럼 아주 조용하게 말했다.

그는 고개를 끄덕여 인사를 했지만, 눈길은 여전히 아델과 파일럿을 향한 채였다.

제13장

119

그가 말했다.

"에어 선생님을 자리에 앉으라고 하시오."

그의 뻣뻣한 억지 인사, 조급해 보이는 의례적인 말투에는 마치 이런 뜻이 담겨 있는 것 같았다.

'제길, 에어 선생이 오건 말건 무슨 상관이란 말이야? 지금 저 여자와 말을 나눌 기분이 아니라고!'

나는 조금도 당황하지 않고 자리에 앉았다. 만일 그가 세련된 폼으로 정중하게 나를 맞았다면 나는 틀림없이 당황했을 것이다. 그런 대접에 걸맞게 우아하고 격조 있는 대답을 할 수가 없었을 것이다. 그가 이렇게 무뚝뚝하고 무례하게 대하니 오히려 그런 의무감에서 나를 벗어날 수 있게 해준 셈이었다.

내가 자리에 앉자 그가 물었다.

"내 집에 머문 지 세 달이 됐다고 했소?"

"그렇습니다, 주인님."

"어디 출신이라고 했더라?"

"로우드 학교입니다."

"아, 자선 학교 말이로군. 거기 얼마나 있었소?"

"8년입니다."

"8년! 정말 모질게도 버텼군. 아무리 체력이 좋은 사람도 거기서 그 절반만 지내면 결딴이 날 텐데! 누가 선생을 이곳에 추천했소?”

“제가 신문에 광고를 냈고 페어팩스 부인이 제게 「편지」를 보냈습니다.”

그러자 선량한 부인이 덧붙였다.

“이렇게 좋은 분을 보내주셔서 하나님께 매일 감사드리고 있습니다. 그동안 에어 선생님은 제 소중한 말벗이 되어주었어요. 아델에게는 정말 좋은 선생님이시고요.”

“그렇게 칭찬한다고 해서 내가 꿈쩍할 사람은 아니니 공연히 애쓰지 마세요. 나 스스로 알아서 판단할 거요. 에어 선생, 선생은 도시에 살아본 적이 있소?”

“없습니다, 주인님.”

“사람들은 많이 만나보았소?”

“로우드의 학생들과 선생님들, 그리고 이곳 손필드 장의 사람들 외에는 아무도 만나보지 못했습니다.”

“그렇다면 마치 수녀처럼 살아온 거로군. 로우드에는 몇 살 때 들어갔소?”

“열 살 때입니다.”

“그런 후 8년을 그곳에 있었다? 그렇다면 지금 열여덟 살이라는 말이군."

나는 고개를 끄덕였다.

그러자 그가 말했다.

"오늘 아침 아델이, 당신이 그렸다던 스케치 몇 장을 보여주더군. 전부 당신이 그린 거 같지 않아. 그곳 미술 선생이 도와주었겠지?"

"아뇨, 절대로 아니에요!"

나는 나도 모르게 큰 소리로 외치고 말았다.

"아하, 자존심이 상한 모양이군. 좋아요, 정말 그 그림들을 당신 손으로 그렸다는 걸 보여주려면 화첩을 가지고 와요. 조금이라도 자신 없으면 그럴 필요 없어. 난 누가 손댔는지 아닌지 금방 알아볼 수 있으니까."

"그렇다면 저는 더 이상 아무 말도 않겠어요. 주인님이 직접 보고 판단하시지요."

나는 내 화첩을 가지고 왔다. 그는 둘둘 말린 화첩을 풀고 그림들을 하나하나 찬찬히 살펴보았다. 그냥 스케치만 한 그림도 있었고 채색화도 있었다. 그림을 다 보고 난 후 그가 말했다.

"음, 모두 한 사람의 필치로 된 그림들이군. 이걸 모두 선생이 그린 거요?"

"그렇습니다."

"어떻게 이 그림들을 그릴 짬을 낼 수 있었소? 시간이 오래 걸렸을 텐데……."

"지난 두 번의 방학 때 그렸습니다. 마침 별다른 일이 없었습니다."

"온갖 인물화와 풍경화가 다 들어 있는데 뭘 보고 그린 거요? 로우드에만 있었으니 바다는 본 적이 없을 것 아니오? 게다가 빙산은 더욱 그럴 것이고. 원본은 어디 있소?"

"제 머릿속에 있습니다."

"지금 내 눈앞에 있는 당신의 어깨 위, 그 머리말이오?"

"네, 그렇습니다."

그러자 그가 중얼거리듯 말했다.

"음, 예술가의 작품이라고 하긴 어려워도 여학생 솜씨로는 제법 특색이 있어. 자, 이제 그림을 치워요."

내가 화첩을 다 묶기도 전에 갑자기 그가 시계를 보더니 말했다.

"벌써 9시로군. 선생, 아델을 이렇게 늦게까지 재우지 않다니 어쩔 셈이오? 자, 어서 그 애를 잠자리에 들게 하시오."

아델은 방을 떠나기 전에 그에게 뽀뽀했다. 그는 그것을 받

아들였다. 하지만 파일럿이 그랬을 때처럼 기꺼워하는 것 같지
는 않았다. 아니다. 파일럿과 입맞춤을 할 때보다 분명 다정하
지 않았다.

우리는 모두 그에게 인사한 후 방에서 물러났다.

제14장

그 후 며칠 동안 로체스터 씨를 거의 볼 수 없었다. 그는 오전에는 용무를 보느라 바빴고 오후에는 손님들이 찾아와 그들과 함께 저녁을 들기도 했다. 그는 발목이 낫자 말을 타고 외출을 자주 했다. 밤에 늦게 들어오는 것으로 보아 답례 방문을 다니는 것 같았다.

그동안 그는 아델을 부르는 일도 거의 없었고 나는 홀이나 복도, 혹은 계단에서 가끔 그와 마주칠 뿐이었다. 나를 보게 되면 그는 그저 차가운 눈으로 나를 흘낏 보면서 고개를 까딱할 뿐이었다. 하지만 때로는 미소를 지으며 제대로 인사를 하는 때도 있었다. 그의 그런 변덕에 나는 조금도 마음이 상하지 않았다. 그건 나와는 아무 상관이 없는 일이기 때문이었다. 그가 기분이 좋건 나쁘건 그건 나 때문에 그런 것이 아니니 내가 신경 쓸 필요가 없었다.

어느 날 저녁이었다. 손님들이 돌아가고 난 후 그가 나와 아델을 살롱으로 불렀다. 아델과 함께 그곳으로 들어가니 탁자 위에 작은 상자가 놓여 있는 것이 보였다. 그걸 보고 아델이 기쁜 목소리로 외쳤다.

"내 상자다, 내 상자."

뒤늦게 도착한 아델의 선물이었다. 아델은 자기 보물을 들고 소파로 가더니 상자를 열고 곧 그 안의 물건에 온통 정신을 빼앗겼다.

로체스터 씨가 말했다.

"자, 이제 내가 손님에게 친절한 주인 노릇을 할 수 있게 되었군. 에어 선생, 의자를 좀 가까이 당겨 앉도록 하시오."

나는 그가 시키는 대로 했다. 나는 속으로는 그와 멀리 떨어져 앉고 싶었다. 하지만 그의 명령은 즉시 이행하지 않을 수 없을 만큼 단호하고 직설적이었다.

앞서 말했듯이 우리는 식당과 겸용으로 쓰이는 살롱에 있었다. 샹들리에 불빛이 환하게 방을 밝혔으며 난롯불이 이글이글

타오르고 창문에는 진홍빛 커튼이 화사하게 쳐 있었다. 기쁨을 억누르며 조용히 중얼거리는 아델의 목소리와 창문을 때리는 겨울비 소리 외에는 아무 소리도 들리지 않았고 모든 것이 정적에 휩싸여 있었다.

로체스터 씨의 모습은 이전과는 달라 보였다. 눈초리도 덜 준엄했고 훨씬 덜 침울했다. 입술에 미소까지 머금고 눈도 반짝였다.

그는 약 2~3분가량 난롯불을 바라보더니 갑자기 몸을 돌려 나를 바라보았다. 그리고 내가 그를 유심히 바라보고 있음을 알아차렸다. 그가 내게 물었다.

"나를 조사하고 있었군, 에어 선생. 내가 잘생겼다고 생각하시오?"

내가 조금만 더 깊이 생각했더라면 나는 분명히 보통 관례대로 애매모호하게 대답했을 것이다. 그런데 나도 모르게 그만 내 입에서 즉각적으로 대답이 튀어나오고 말았다.

"아뇨."

"이런! 정말 당신에게는 독특한 게 있어! 당신은 겉보기에는 어린 수녀 같아. 조용하고 신중하며 소박하거든. 그런데 누군가 당신에게 질문하면, 노골적이라고 할 수는 없어도 최소한 공격

적인 대답을 한단 말이야.”

“죄송합니다, 주인님. 제가 너무 솔직했나봐요. 용모에 대해서는 그렇게 쉽게 대답할 수 있는 법이 아니라고 말씀드려야 할 것을…… 사람마다 취향이 다르니까 외모 같은 것은 별로 중요한 게 아니라고 말씀드려야 할 것을…….”

“아냐, 아냐, 그런 식으로 대답하면 안 되지. 외모 같은 건 중요하지 않다고! 참 그럴듯해! 그러니까, 나를 달랜답시고 칼을 더 깊숙이 찔러 넣는 셈이군! 선생, 당황하는 것 같군. 내가 못생긴 만큼 선생도 예쁜 얼굴은 아니지만 그렇게 당황하는 모습이 선생에겐 어울리오. 게다가 선생의 그 날카로운 눈매가 내 얼굴을 떠나 양탄자를 향하게 되니 내 마음도 편하고. 그러니 계속 그렇게 당황한 채 있어요. 숙녀 아가씨, 오늘 저녁엔 왠지 누군가와 함께 있으면서 이야기를 나누고 싶소.”

그 말과 함께 그는 자리에서 일어나더니 벽난로 대리석 장식에 몸을 기대고 섰다. 그가 그런 자세를 취하니 그의 얼굴과 함께 체형을 잘 볼 수 있었다. 가슴이 유난히 넓어 그의 사지 길이와 어울리지 않았다. 대부분 사람들이 그를 못생겼다고 말할 것이 틀림없었다. 하지만 그의 몸가짐에서는 어딘지 모르게 당당함이 묻어났고 행동거지에는 여유가 배어 있었다. 그 때문에 그는 자신의 외모에 대해 철저히 무관심한 것처럼 보였으며 그를 바라보는 사람은 은연중 그의 그런 무관심을 함께 나누게 되었고, 그가 자기 자신에 대해 확신에 차 있다는 느낌을 받았다. 게다가 그의 그 자기 확신이 당연하다는 생각마저 하게 만들었다.

"오늘 저녁엔 왠지 누군가와 함께 있으면서 이야기를 나누고 싶소."

그가 다시 한 번 똑같은 말을 되풀이했다.

"그래서 당신을 오라고 한 거요. 이 집에는 이야기를 나눌 사람이 당신밖에 없지 않소? 당신은 나를 만나자마자 나를 당황하게 하였소. 당신에 대해 더 많은 것을 알게 되면 즐거울 것 같소. 그러니…… 자, 이야기를 해보시오."

나는 말을 꺼내는 대신 웃음을 지었다. 호의적인 웃음도 아니었고 비굴한 웃음도 아니었다.

"에어 선생, 당신 벙어리요?"

나는 여전히 그냥 앉은 채 아무 말도 하지 않았다. 그는 내 쪽으로 고개를 숙였다. 그러고는 급히 내 눈을 흘낏 바라보았다. 그의 시선이 흡사 내 눈 속으로 뛰어드는 것 같았다.

"고집쟁이인가? 아, 지겹다, 이거로군. 무리는 아니지. 내가 무리하게 건방진 요구를 했으니. 에어 선생, 미안하오. 내 분명히 말하지만 당신을 나보다 아랫사람으로 생각하고 그런 게 아니오. 아니, 아랫사람으로 생각하긴 했소. 적어도 내가 당신보다 스무 살은 더 먹었고 한 세기 이상의 경험을 더 한 셈이니까. 하지만 지금 내가 당신에 대해 가진 우월감은 단지 그것뿐이오. 나는 오직 그 우월감에 힘입어, 당신에게 무언가 이야기를 해달라고 부탁한 것이고, 온통 한 가지 생각에만 몰두해 있느라 녹슨 못처럼 썩어가는 내 머리를 좀 식혀달라고 부탁한 것이오."

그는 거의 사과라고 해도 좋은 해명을 내 앞에서 하고 있었다. 나는 그런 그의 태도에 무심할 수 없었고 그런 사람으로 보이고 싶지도 않았다.

"주인님, 할 수만 있다면 기꺼이 주인님을 즐겁게 해드리고 싶습니다. 하지만 주인님께서 어떤 이야기에 흥미를 느끼실지 제가 어찌 알겠습니까? 제게 무엇이든 물어봐주십시오. 그러면 제가 성심껏 대답해드리겠습니다."

"그렇다면 먼저 내가 당신을 조금 권위적으로 대하거나 때로는 조금 강압적으로 대하더라도 내게는 그럴 권리가 있다는 것을 인정하겠소? 나는 당신 아버지뻘이라고 할 만큼 나이가 많은데다, 내가 지구의 절반 정도를 돌아다닌 데 반해 당신은 거의 세상 경험이 없으니."

"주인님, 단지 주인님이 저보다 나이가 많다는 이유만으로, 저보다 세상을 더 잘 안다는 이유만으로 제게 명령을 내리실 권리는 없다고 생각합니다. 저보다 우월하냐 아니냐는 주인님이 그 세월과 경험을 어떻게 사용하셨는가에 달렸지요."

"음, 그렇다면 내가 당신보다 우월한 게 하나도 없는 셈이군. 그 둘 다 나쁜 데 사용했다고 할 수는 없어도 우월감을 가질 정도로 잘 쓴 것 같지는 않으니까. 자, 우월감 같은 건 치워버립시다. 대신, 가끔 내가 명령조로 무언가 요구를 하더라도 마음 상하지 않고 받아들일 수 있기를 바라오. 어떻소, 그 정도는 받아들이겠소?"

그의 말을 들으니 로체스터 씨는 정말 특이한 사람이라는 생각이 들지 않을 수 없었다.

'이 사람은 자신의 요구를 듣는 대가로 내가 1년에 30파운드의 돈을 받고 있다는 사실을 잊고 있는 거 아냐?'

나는 미소를 지으며 대답했다.

"자신이 급료를 지급하는 피고용인이 자신의 요구 때문에 상처받을까봐 걱정하는 고용주는 아마 없을 겁니다."

"고용주라! 그래, 내가 당신에게 급료를 준다 이거요? 그렇다면 그런 금전상의 이유로 내가 좀 허세를 부려도 될까?"

"아뇨, 그 이유만으로는 안 됩니다. 주인님이 그 이유 자체를 새까맣게 잊고 있었다는 것, 그것 때문에 저는 주인님이 제게 명령을 내리셔도 받아들일 수 있습니다. 주인님이 고용하고 있는 피고용자들이 만족스레 자기 일을 하고 있는지, 주인님이 신경을 쓰시고 있다면 저는 진심으로 주인님 생각을 따르겠습니다."

"좋소. 당신이 대답하는 방식이나 내용이나 다 내 마음에 드는군. 3,000명의 가정교사들에게 그렇게 물었을 때 당신처럼 대답할 사람은 단 3명도 안 될 거요. 우쭐하라고 하는 소리가 아니오. 당신이 보통 사람들과는 다르게 생겨났더라도 그건 당신의 공이 아니니까. 당신도 자연의 작품일 뿐이지. 이런, 내가 너무 서둘러서 결론을 내렸군. 당신이 다른 사람들보다 나은 게 하나도 없는 사람인지도 모르는데. 혹은 당신에게도 결점이 있어서 당신의 장점을 가려버릴지도 모르고."

나는 속으로 '당신도 결점이 많겠지요'라고 생각했다. 그가 내 표정을 보고 내 생각을 읽었는지 마치 내 말에 대답하듯이 말했다.

“그래요, 나도 결점이 많아요. 하지만 적어도 그걸 감추려 애쓰지는 않는다오. 내가 조소와 비난의 화살을 쏘아 보내야 하는 것은 남들이나 이 세상이 아니라 바로 나 자신이오.”

이후, 그가 내 말을 듣고 싶다고 했던 것과는 달리 나는 간간이 한마디씩 운만 떼었을 뿐 주로 말을 한 것은 그였다. 내 물음에 그는 어릴 때 추억에 관해 이야기했고, 자신의 삶을 후회한다고 말했다. 하지만 너무 추상적이어서 나는 제대로 알아들을 수 없었고 틀에 박힌 대답만을 해줄 수 있을 뿐이었다.

나는 그에게 말했다.

“솔직히 말씀드리자면 주인님 말씀은 하나도 알아듣지 못하겠어요. 제 이해력으로는 도저히 따라가기 힘들어요. 다만 한 가지만은 저도 알겠습니다. 주인님은 자신이 나쁜 사람은 아니지만 자신이 원하는 만큼 선량한 사람이 되지 못했다고 말씀하셨어요. 또 자신이 불완전하다는 사실을 애석하게 생각한다고 말씀하셨어요. 그리고 그렇게 더러운 과거에 대한 기억을 지니고 있다는 건 마치 자신을 파멸로 이끄는 독약을 마시는 것과 같다고 말씀하셨지요. 저는 그 모든 걸 노력으로 씻어낼 수 있다고 생각해요. 주인님이 노력하신다면 주인님 자신이 인정할 수 있는 삶을 살아가실 수 있다고 생각해요. 지금부터 주인님

스스로 자신의 결점을 고치려고 노력하신다면 주인님께는 오점이 없는 즐거운 추억들이 쌓이겠지요. 그리고 뒤를 돌아보실 때마다 기쁨에 충만할 거예요.”

“정답이로군, 정답이야! 그 정답만 따르면 나도 천국에 이르겠군.”

그가 다시 입을 열려고 하자 나는 자리에서 일어났다. 어려운 이야기를 그와 계속한다는 게 버거웠고 그의 성격을 도무지 제대로 알아낼 수 없었기 때문이다. 의자에서 일어나는 나를 보고 그가 물었다.

“어디 가는 거요?”

“아델을 재울 시간이에요.”

“내가 수수께끼 같은 소리만 하니 두려운 모양이군. 내 한마디만 더 하지. 에어 선생, 왜 그렇게 웃지를 않는 거요? 내가 보기에 당신은 즐겁게 웃을 수 있는 사람이오. 내가 날 때부터 타락한 사람이 아닌 것처럼 당신도 날 때부터 딱딱한 사람은 아니었을 거요. 이제까지 그럴 수밖에 없던 환경에서 자란 탓이겠지. 언젠가는 당신도 나를 자연스럽게 대하게 될 거요. 왠지 나도 당신을 틀에 박힌 식으로 대하게 될 것 같지는 않소. 나는 당신에게서 언뜻언뜻 촘촘한 새 창살 사이로 하늘을 바라보는 새의 모습을 본다오. 당신이 자유로워진다면 저 하늘 높이 날아오를 것만 같단 말이오."

그때 시계가 9시를 쳤고 아델이 깡충깡충 우리가 있는 곳으로 뛰어왔다. 로체스터 씨가 선물로 준 새 옷을 입고 새 신발을 신은 귀여운 모습이었다. 아델은 우리 앞에 와서 한 바퀴 빙 돌더니 한쪽 무릎을 굽히며 프랑스어로 크게 외쳤다.

"아저씨, 아저씨께서 주신 선물, 너무너무 감사해요."

그러자 로체스터 씨가 혼잣말하듯 대답했다.

"너무 똑같아! 바로 저 애 엄마가 저런 식으로 나를 홀렸지. 그러고는 저 애만 남기고 사라져버렸어. 저 애 엄마도 저렇게 가식적인 꽃이었지. 그래서 나는 저 꽃이 하나도 사랑스럽지 않아. 다만 내가 지은 죄들을 속죄하기 위해 저 애를 받아 키우고 있는 거지."

그러더니 그는 나를 보고 말했다.

"또 수수께끼 같은 소리만 했군. 언젠가 사정을 다 이야기해줄 날이 있을 거요. 가서 주무시오."

제15장

　　얼마 후 로체스터 씨는 정말로 그 사정을 내게 이야기해주었다. 어느 날 그는 정원에서 나와 아델을 우연히 만났다. 그는 아델을 파일럿과 놀게 한 후 나와 너도 밤나무가 자라고 있는 오솔길을 함께 거닐자고 했다. 나와 함께 거닐면서 그는 그 이야기를 해주었다.

　　그는 아델이, 그가 격정적인 열정(그는 그렇게 표현했다)을 품었던 프랑스 오페라 무용수 셀린 바랑의 딸이라고 했다. 그는 세련된 프랑스 요정이 자기같이 못생긴 남자를 좋아한다는 데 우쭐해서 그녀에게 말 그대로 모든 것을 다 해주었다. 하지만 그녀는 곧 바람둥이 한 장교와 밀회를 했고 로체스터 씨는 현장을 목격했다. 그는 충격을 받았지만 질투는 하지 않았다고 했다. 그러기에는 연적이 너무나 형편없는 상대였기 때문이었다. 그 장교는 가끔 사교계에 드나드는 비열한 귀족이었다. 그는 그들의 밀회 장면 앞에 나타나 셀린과 결별을 선언하고 상대와는 다음 날 결투를 하여 팔에 총상을 입혔다.

그게 전부였다. 하지만 그에게는 짐이 하나 주어졌다. 바로 아델이었다. 바랑은 아델이 그의 딸이라고 우겼고 그는 절대로 자신의 딸이 아니라고 생각했다. 닮은 데가 하나도 없기 때문이었다. 하지만 그는 아델을 거두어 기르기로 결심했다. 바랑은 어떤 음악가인지 가수와 함께 이탈리아로 도망가버렸고 오갈 데 없이 된 아델을 그냥 내버려둘 수 없어서였다.

이야기를 마친 후 그가 마무리했다.

"자, 이제 당신이 가르치고 있는 아이가 누구인지 알게 되었을 거요. 얼마 안 있으면 내가 새로운 가정교사를 알아보게 되겠군."

"아니에요. 당신이나 그 애 어머니가 저지른 잘못과 아델은 아무런 상관이 없어요. 오히려 저 애가 엄마에게 버림받고 주인님께도 친자식으로 인정받지 못하니 더 애정이 생기네요. 게다가 저 애는 저를 따른답니다. 부잣집 응석받이보다는 저 애가 훨씬 더 좋아요."

그날 밤 방으로 돌아와 그가 해준 이야기를 곰곰 되새겨보았다. 그가 왜 그런 이야기를 내게 해준 걸까? 사실 그가 해준 이야기에는 특별한 게 없었다. 돈 많은 영국 귀족이 프랑스 무용수를 열정적으로 사랑했다가 배신당했다는 이야기는 사교계에서 흔히 일어날 수 있는 일이었다. 나는 오히려 그 이야기를 하면서 그가 보인 감정의 기복에 대해 더 호기심을 가졌다.

그는 이야기 도중 요즘의 생활에 대해서 만족한다고, 이곳 손필드의 고택과 주변 풍광을 바라보고 있으면 전에는 못 느끼던 기쁨을 느낀다고 내게 말했다. 그리고 그런 말을 하면서 격정에 휩싸인 말투가 되곤 했다. 하지만 아무리 생각해도 그 이유를 알 수 없었다.

나는 다시 그가 내게 보인 말투, 태도 등에 대해 생각해보았다. 그가 그런 비밀 이야기를 내게 해준 것은 내가 지닌 분별력에 대해 그가 신뢰와 찬사를 보낸 것과 다름없었다. 그는 이미 몇 주 전부터 전과는 전혀 다른 태도로 나를 대하고 있었다. 차갑고 오만한 태도는 어디론가 사라졌으며 언제나 예의 바르고 따뜻하게 나를 맞이했다. 우연히 마주쳤을 때도 반갑다는 듯 말을 건넸으며 미소를 짓기도 했다.

나는 나에 대한 그의 태도 변화를 그대로 받아들이기로 했다. 그의 허물없는 태도 덕분에 나는 피고용자로서의 속박감에서 벗어날 수 있었다. 그리고 그의 진심 어린 태도에 화답하여 나도 그를 진심으로 대했다. 그가 내 주인이 아니라 친척 같다는 생각이 들 정도였다.

그러자 이상한 일이 벌어졌다. 독자 여러분, 내가 여전히 그가 못생겼다고 생각하고 있었겠는가? 그렇지 않다. 그를 생각하면 감사하는 마음이 들고 즐겁고 정다운 말과 태도가 떠오르기 시작했다. 그러면서 그는 내가 가장 보고 싶은 사람이 되었다. 그에게서 여전히 오만하고 침울한 태도가 보일 때도 있었지만 그 결점은 모두 그가 겪은 잔인한 운명의 탓으로 여겨졌다. 그리고 그가 천성적으로는 겉보기보다 훨씬 더 고결하고 훌륭한 심성을 지녔을 거라고 생각했다. 그러면서 나는 또 다른 생각에 잠겼다.

'그는 왜 이 집에서 행복할 수 없을까? 도대체 무엇이 그를 이 집에서 멀어지게 만드는 걸까? 왜 잠시 머물다가 이 집을 떠나게 될까? 페어팩스 부인 말에 따르면 대개 보름 정도밖에 머물지 않는다고 했잖아. 그런데 벌써 이곳에 8주나 있었어. 그가 떠나면 여기는 얼마나 슬프게 변할까? 아무리 날이 화창해도 쓸쓸하기만 할 거야.'

내가 이런저런 생각에 잠이 드는 둥 마는 둥 하고 있을 때였다. 어디에선가 누군가가 희미하게 중얼거리는 소리가 들려와서 잠이 확 달아나버렸다. 내가 누워 있는 침대 바로 위에서 나는 소리 같았다. 멀리 아래쪽 홀에서 시계가 새벽 2시를 알리고 있었다.

나는 자리에서 일어나 침대에 앉았다. 공연히 무서웠다. 그때였다. 복도에서 무시무시한 웃음소리가 들려왔다. 마치 귀신의 웃음소리 같았다. 너무 무서워 침대에서 벌떡 일어나 문에 빗장을 걸었다.

복도에 누군가가 앓는 소리를 내며 걸어가고 있었다. 발소리는 3층으로 향하는 계단을 오르고 있었다. 이어서 모든 게 다시 정적에 휩싸였다.

'그레이스 풀이었나? 귀신에 들리기라고 한 건가?'

나는 속으로 생각했다. 더 이상 가만히 있을 수가 없었다. 페어팩스 부인이라도 불러야 할 것 같았다. 서둘러 옷을 입고 숄을 두른 후 떨리는 손으로 방문을 열었다. 복도 양탄자 위에 아직 꺼지지 않은 촛불이 타고 있었다. 나는 깜짝 놀랐다. 하지만 복도에 연기가 자욱한 것을 보고 더욱 놀랐다.

나는 복도로 뛰쳐나왔다. 멀리서 보니 로체스터 씨 방문이 열려 있는 걸 알 수 있었다. 연기는 그 문을 통해 밖으로 나오고 있었다. 페어팩스니, 그레이스니 그 이상한 웃음이니 하는 생각들이 모두 싹 달아났다. 오로지 빨리 그의 방으로 달려가야 한다는 생각뿐이었다.

나는 순식간에 그의 방으로 뛰어들었다. 침대의 커튼이 불타고 있었다. 불길과 연기 가운데 로체스터 씨는 세상모르고 잠들어 있었다.

"어서 일어나세요, 어서!"

나는 소리를 지르면서 그를 흔들어 깨웠다.

하지만 그는 뭐라고 중얼거리면서 돌아누울 뿐이었다. 연기에 질식해 의식이 몽롱해진 것이었다. 더 이상 지체할 시간이 없었다. 이미 침대보로 불이 옮겨 붙고 있었다. 나는 세숫대야와 물 주전자가 있는 곳으로 달려갔다. 다행히 모두 물이 가득 담겨 있었다. 그 물을 불길을 향해 들이부었다. 천우신조로 겨우 불을 끌 수 있었다.

그 소동에 물벼락을 맞은 로체스터 씨가 겨우 정신을 차렸다. 그가 욕설과 함께 내뱉은 첫마디는 "뭐야, 홍수라도 난 거야?"라는 외침이었다.

내가 대답했다.

“아닙니다, 주인님. 불이 났어요. 일어나세요. 몸이 흠뻑 젖었
으니까요.”

“아니, 거기 있는 게 제인 에어 양 맞아요? 내가 꿈을 꾸고
있는 건 아니지? 이게 도대체 무슨 짓이요? 나를 물에 빠뜨려
죽이기로 작정했나?”

나는 간략하게 자초지종을 설명했다. 복도에서 들렸던 이상
한 웃음소리, 3층으로 올라가던 발소리, 연기 냄새에 이 방으로
뛰어들게 되었던 이야기를 간단하게 해준 것이다. 그는 심각하
게 내 이야기를 들었다. 그의 얼굴에는 놀라움보다는 염려의
빛이 역력했다. 그가 잠시 가만히 있자 내가 그에게 물었다.

“페어팩스 부인을 부를까요?”

“그녀를 불러서 뭘 하려고? 그냥 자게 내버려둬요.”

“그러면 레아를 부르러 가겠어요. 아니면 존이나 그의 아내
라도.”

“아니. 여기 꼼짝 말고 있어요. 내가 촛불을 가져올 테니. 내
가 돌아올 때까지 여기 그대로 있어요. 아무도 부르지 말고.”

그가 밖으로 나갔고 나는 그가 시키는 대로 방에 얌전히 있
었다. 꽤 시간이 흐른 뒤에야 그가 파리해진 얼굴로 다시 나타
났다.

그가 내게 물었다.

“당신이 방문을 열었을 때 뭔가 보았소?”

“마룻바닥에 놓인 촛대 외에는 아무것도 보지 못했습니다.”

“이상한 웃음소리는 들었다고 했지요? 전에도 들은 적이 있었나?”

“네, 그레이스 풀이라고 하는 여자의 웃음소리를 들은 적이 있습니다. 정말 이상한 여자예요.”

“맞소, 당신 말대로 이상한 여자요. 어쨌든 오늘 밤 벌어진 일을 당신과 나만 알게 되어 다행이오. 아무에게도 말하지 마시오. 집안사람들에게는 내가 설명하겠소. 자, 당신 방으로 돌아가시오. 나는 서재 소파에서 눈을 붙이도록 하겠소.”

나는 방으로 돌아가기 위해 그에게 인사를 했다. 그러자 그가 큰 소리로 외쳤다.

“뭐요? 벌써 가겠다고? 이런 식으로?”

조금 전 나보고 가라고 하더니, 엉뚱한 소리를 하는 게 아닌가? 내가 즉각 대답했다.

“주인님께서 가보라고 하셔서.”

“하지만 그렇게 작별 인사도 없이 간단 말이오? 내가 제대로 감사 표시도 못 했는데 이렇게 무미건조하게 당신을 보낼 수는 없소. 당신이 내 목숨을 구해주었는데! 끔찍한 죽음에서 나를 건져주었는데! 그런데 이렇게 남남인 것처럼 헤어질 수는 없소! 적어도 악수라도 나눠야지.”

그가 내게 손을 내밀었다. 나도 손을 내밀었다. 그는 처음에는 한 손으로 내 손을 잡더니 잠시 후 두 손으로 움켜쥐었다.

“나는 당신이 언젠가 내게 좋은 일을 해주리라는 걸 이미 알고 있었소. 내가 당신을 처음 보았을 때부터 나는 당신 눈에서 그걸 읽을 수 있었소. 내 소중한 수호 요정! 잘 자요.”

그의 목소리에는 이상한 힘이 넘치고 그의 표정에는 이상한 불꽃이 타오르고 있었다. 그가 잘 자라는 말을 하면서도 여전히 내 손을 잡고 있었기에 떠날 수 없었다. 나는 적당한 방책을 생각해냈다.

“페어팩스 부인이 일어나 움직이는 소리를 들은 것 같습니다, 주인님.”

그제야 그가 내 손을 풀어주었고 나는 그 방에서 나왔다. 나는 다시 침대에 누웠지만 다시 잘 생각은 없었다. 동이 틀 때까지 기쁨의 눈물 아래 두려움의 물결이 요동치는 바다 위를 둥둥 떠다니고 있었다. 나는 너무나 들떠 있었기에 조금도 잠을 이루지 못하고 날이 새자마자 자리에서 일어났다.

제16장

　잠 못 이룬 밤을 지낸 다음 날, 나는 로체스터 씨가 보고 싶으면서 동시에 그를 만나는 게 두렵기도 했다. 어젯밤의 그 목소리를 듣고 싶었지만 그와 시선이 마주치는 것은 두려웠다.

　아침 식사 후 그의 방에서 여러 사람이 웅성거리는 소리가 들려왔다. 페어팩스 부인, 레아, 존과 그의 부인 메리의 목소리가 뒤섞여 있었다. 주인님이 무사하셔서 정말 다행이라는 소리, 주인님이 침착하셔서 불을 끌 수 있다는 소리를 알아들을 수 있었다. 그들은 방을 정돈하고 있는 것 같았다. 하지만 로체스터 씨의 모습은 보이지 않았다.

　점심시간이 되어 아래층으로 내려가다가 방을 들여다보았

다. 침대 커튼만 떼어져 있었을 뿐 모든 것이 완전히 이전대로 복구되어 있었다. 레아가 유리창을 닦고 한 여자가 침대 옆 의자에 걸터앉아 새 침대 커튼에 고리를 끼우고 있었다. 바로 그레이스 풀이었다.

나는 그 여자의 무심한 표정을 보고 놀랐다. 도저히 살인을 저지르려 했던 여자의 얼굴이 아니었다. 그 얼굴에는 불안한 기색도, 두려움의 흔적도 없었다. 그녀는 나를 알아보자 평소처럼 짧게 "안녕하세요"라고 인사를 건넸을 뿐이었다.

정말로 수수께끼였다. 어제 내 말을 듣고 로체스터 씨는 분명 그녀를 의심했을 것이다. 그런데 그녀를 추궁하지도 않았단 말인가? 또 그녀 자신은 그런 일을 저지른 다음 날 어찌 저리 냉정하고 침착할 수 있단 말인가? 로체스터 씨와 그레이스 풀은 도대체 무슨 관계란 말인가? 하지만 머리를 아무리 굴려도 풀 수 없는 수수께끼였다.

그날 저녁이 될 때까지 나는 로체스터 씨의 모습을 볼 수 없었다. 땅거미가 지고 아델이 보모 소피와 함께 어린이 방으로 놀러 가자 홀로 남은 나는 그가 미치도록 보고 싶었다. 혹시 아래층에서 나를 부르는 벨 소리가 울리지 않나, 귀를 기울였다.

그에게 얼마나 하고 싶은 말이 많았던가! 나는 그가 어젯밤 그 끔찍한 사건을 저지른 장본인을 그레이스 풀이라고 생각하는지 묻고 싶었다. 만일 그렇다면 왜 그녀를 그냥 내버려두느냐고 묻고 싶었다. 지나친 내 호기심에 그가 화를 낼 게 분명했지만 그건 별로 문제가 되지 않았다. 나는 번갈아가며 그를 화나게 했다가 달랬다 하는 게 즐거웠다. 너무 지나쳐서 경계만 넘지 않으면 될 일이었다. 그리고 나는 본능적으로 그 경계를 알았다. 그렇게 팽팽한 긴장 가운데 그와 벌이는 논쟁은 언제나 재밌으며 그도 그걸 즐기고 있었다.

내가 그렇게 온갖 주의를 방 밖으로 집중하고 있을 때 마침내 계단을 올라오는 발소리가 들렸다. 하지만 문을 열고 들어온 레아는 차를 마시러 내려오라는 페어팩스 부인의 말을 전했을 뿐이었다. 아래층으로 내려갈 구실이 생긴 나는 기쁜 마음에 잰걸음으로 부인에게 갔다.

나를 보자 선량한 페어팩스 부인이 말했다.

"차를 들고 싶어할 것 같아서 불렀어요. 오늘 온종일 안색이 안 좋고 식사도 별로 안 하더군요."

나는 고맙다고 인사하며 자리에 앉았다. 그녀가 밖을 내다보며 무심코 한마디했다.

"날씨가 좋아서 다행이에요. 주인님이 여행하시기에 좋은 날이네요."

"그분이 여행을 떠나셨다고요?"

"아침을 드시고 바로 떠나셨어요. 에시턴 씨 성관이 있는 리아스란 곳으로 가셨어요. 여기서 10마일쯤 떨어진 곳인데, 아마 거기서 1주일 정도 머무르실 거예요. 좀 더 계실지도 모르지요. 상류사회 사람들이 모이면 함께 나눌 이야기들, 즐길 일들이 많잖아요. 그래서 쉽게 헤어지지 않아요. 주인님은 그런 모임에서 인기가 대단해요. 재치가 있어서 분위기를 주도하시니까요. 숙녀들도 주인님을 아주 좋아해요. 주인님이 지닌 학식과 능력, 재산과 지위가 그분의 약간의 외모상 결점을 충분히 메워줄 수 있지요."

"그 모임에 숙녀분들도 참석하나보지요?"

"네, 에시턴 부인과 따님 셋이 있어요. 그리고 아주 아름다운 블랑슈 잉그램 양과 메리 잉그램 양도 거기 와요. 6년 전인가, 7년 전인가, 블랑슈 잉그램 양이 열여덟 살이었을 때 본 적이 있어요. 로체스터 씨가 연 무도회에 왔었거든요. 모두 50명 가량의 숙녀들이 있었는데 그녀가 그날의 여왕이었답니다."

"어떤 모습이었는데요?"

"키가 크고 날씬했지요. 목은 길고 얼굴은 우아했어요. 검고 큰 눈이 보석처럼 반짝였고요. 노래도 불렀는데 목소리가 정말 좋았어요. 교양이 있는 건 두말할 필요가 없었고요."

나도 모르게 부인에게 묻고 말았다.

"미혼인가보지요?"

"그래요. 자매가 둘 다 재산이 별로 없어요. 장남이 재산을 전부 상속받았다나봐요."

"그녀가 그렇게 훌륭한 숙녀라면 그건 문제가 안 되잖아요. 부자나 귀족 중에는 그녀를 사랑하는 사람이 분명 있을 텐데. 예를 들어 우리 주인님 같은 분 말이에요. 그분은 부자잖아요."

"그래요, 부자시지요. 하지만 나이 차이가 너무 나요. 로체스터 씨는 마흔이 가까운데 잉그램 양은 겨우 스물다섯밖에 안 됐거든요."

"그게 뭐 어때서요? 그보다 더 나이가 차이 나는 사람들이 결혼하는 일은 흔하잖아요."

"그렇긴 해요. 하지만 로체스터 씨가 그런 생각을 품을 것 같진 않아요. 그건 그렇고 왜 그렇게 아무것도 안 들어요?"

더 이야기를 이어가고 싶었지만 아델이 들어오는 바람에 대화는 중단되었다.

다시 혼자 있게 되자 나는 생각에 잠겼다. 부인을 통해 들은 정보들은 나를 차분히 뒤돌아볼 기회가 된 셈이었다. 내 마음 속을 들여다보며 내 생각과 감정을 꼼꼼히 검토해보았다. 그리고 내 멋대로의 상상 때문에 길을 잃고 헤매었던 그것들을 건전한 상식의 울타리에 넣고 다시 바라보려 애썼다.

결국 나는 스스로에게 다음과 같은 판결을 내렸다.

제인 에어, 너는 이 세상 그 누구보다 바보다. 너는 달콤한 거짓에 취해서, 마치 독약을 선약(仙藥)인 것처럼 마신 천치다.

뭐, 로체스터 씨가 너를 좋아한다고? 그를 즐겁게 해줄 능력이 있다고? 이런 어리석은 멍청이 같으니라고! 제발 두 눈 똑똑히 뜨고 봐! 여자가 저 혼자 제 안에서 사랑을 키우는 건 미친 짓이야. 상대방이 함께 나누지도 않고 알지도 못하는 그런 사랑을 키우는 건 자기를 죽이는 것과 마찬가지야. 설사 그가 그걸 알게 되고 함께 사랑을 나누게 되더라도 마찬가지야. 그건 마치 네가 도깨비불의 유혹에 넘어가서 도저히 빠져나오기 어려운 진창에 빠지는 것과 같아. 그러니 제인, 이제부터 내 판결을 잘 들어.

내일부터 거울을 앞에 놓고 너의 초상을 그릴 것. 단 하나의 결점도 빠뜨리지 말 것. 눈에 거슬리는 얼굴선도 있는 그대로 그리고 반듯하지 않은 이목구비도 매끄럽게 만들지 말 것. 그리고 그 아래 이렇게 쓸 것.

-가난하고 가족도 없는 어느 못생긴 가정교사의 초상-

그런 다음 블랑슈 잉그램 양의 초상을 그릴 것. 가장 밝고 화사한 색조들로 네가 상상할 수 있는 가장 아름다운 얼굴을 그릴 것. 그리고 그 밑에 이렇게 쓸 것.

-상류 가문에 속하는 교양 있는 처녀 블랑슈 잉그램의 초상-

그런 후, 로체스터 씨가 너를 좋아할지도 모른다는 망상이 들 때마다 두 그림을 꺼내서 비교할 것.

나는 나 자신에게 내린 판결을 곧바로 집행했다. 연필로 내 초상화를 그리는 데는 한두 시간이면 족했다. 하지만 잉그램 양의 아름다운 초상화를 그리는 데는 보름이 걸렸다. 정말 아름다운 얼굴이었다. 나는 두 그림을 비교해보았다. 그 차이가 너무 확연했고, 그 차이는 바로 나의 확고한 자제심에서 나온 것이었다.

그 판결을 집행하면서 얻은 것이 있었다. 우선 그림을 그리느라 내 머리와 손이 너무 바빴다. 그 덕분에 내가 마음속에 단단히 새겨놓으리라 작정했던 각오들이 더욱 확고해졌다. 그리고 이렇게 억지로 내 감정에 부과했던 이 엄격한 규율 덕분에 이후에 벌어진 여러 가지 일에 대해 평온한 가운데 침착하게 대처할 수 있었다. 만약 그런 준비가 없었다면 그 일들을 감당하기 어려웠을 것이다.

제17장

로체스터 씨가 집을 떠난 지 보름이 지났을 때 페어팩스 부인에게 그의 「편지」가 전달되었다. 사흘 후면 그가 손필드 장으로 돌아올 것이며 많은 손님과 함께 올 것이니 저택에서 가장 좋은 방들을 손님들을 위해 준비해놓으라는 「편지」였다. 사흘 후라면 목요일이다. 페어팩스 부인은 「편지」를 받자마자 아침을 드는 둥 마는 둥 하고는 작업 지휘에 들어갔다.

목요일이 되었다. 모든 준비는 전날 저녁에 다 끝나 있었다. 카펫을 새로 깔고 침대 커튼에 장식을 달았으며 눈부시게 하얀 침대 시트를 펼쳤고 가구들을 윤이 나게 닦았으며 꽃병마다 꽃을 꽂았다.

따사롭고 맑은 날이었다. 얼마 후 마차 바퀴 소리가 들려왔다. 네 명이 말을 타고 앞서고 그 뒤를 덮개 없는 마차가 뒤따르고 있었다. 베일을 펄럭이며 다가오는 마차는 깃털이 물결처럼 장식되어 있었다. 말에 탄 두 명은 건장한 젊은 사람들이고 세 번째 사람이 검은색 애마에 올라탄 로체스터 씨였다. 여자 한 명이 그의 옆에서 말을 몰고 있었다. 보랏빛 승마복이 치렁치렁 늘어져 땅에 끌릴 정도였고 베일이 숱 많은 머릿결과 함께 바람에 나부꼈다.

"잉그램 양이에요."

옆에 있던 페어팩스 부인이 일러주었다.

얼마 후 아래층 홀에서 왁자지껄 유쾌한 소리가 들렸다. 이어서 계단을 올라오는 발걸음 소리가 들렸고 복도를 걷는 소리가 이어졌다. 손님들에게 침실을 배정하는 것 같았다. 나는 아델에게 저녁을 먹인 후 잠자리에 눕히고 내 방으로 돌아왔다. 어느새 시계는 11시를 가리키고 있었다.

다음 날도 전날처럼 날이 화창했다. 그날 손님들은 온종일 인근 지역으로 소풍을 갔다. 나는 그들이 출발하는 모습과 도착하는 모습을 모두 지켜보았다. 전날처럼 여자 중 유일하게 잉그램 양만이 말을 탔으며 역시 로체스터 씨가 나란히 말을 몰았다. 나는 그 모습을 손가락으로 가리키며 나와 함께 창가에 있던 페어팩스 부인에게 말했다.

"저 두 사람이 결혼할 가능성이 없다고 하셨지요? 그런데 로체스터 씨는 다른 숙녀들보다 잉그램 양을 제일 좋아하는 것 같네요. 그녀의 얼굴을 좀 보고 싶어요. 아직 그녀의 얼굴을 못 봤어요."

"오늘 저녁에 보게 될 거예요. 아델이 숙녀분들을 너무나 보고 싶어한다고 주인님께 말씀드렸더니 '저녁때 에어 선생보고 데리고 오라고 하세요'라고 말씀하셨어요. 제가 에어 선생이 낯선 분들 앞에 나서길 꺼릴 거라고 했더니 글쎄, '무슨 소리를! 만약 안 오겠다고 하면 내가 특별히 청한다고 말해요. 끝까지 고집을 부리면 내가 직접 데리러 간다고 말해요'라고 말씀하시더군요."

"그래요? 그분께 그런 수고를 끼칠 수는 없지요. 도리 없이 내려가봐야겠네요."

저녁이 되자 아델과 함께 살롱으로 갔다. 아델은 매우 흥분해 있었다. 손님들은 모두 식당 탁자에 앉아 있었고 우리는 그곳을 거치지 않고 다른 문을 통하여 살롱으로 들어갔다. 큰 방을 나누어 살롱과 식당 겸용으로 쓰고 있었기에 살롱과 식당을 가르는 것은 아치문 앞에 드리워진 커튼뿐이었다.

살롱에는 아무도 없었다. 아델은 아무 말 없이 내가 가리키는 의자에 가서 앉았다. 나는 창가로 가서 탁자 위에서 책을 한 권 집은 뒤 억지로 읽으려 했다.

얼마 후 이웃한 식당에서 사람들이 자리에서 일어나는 소리가 들렸다. 이어서 아치형 문의 커튼이 열리고 식당 안의 모습이 보였다. 긴 식탁에 놓인 크리스털과 은제 식기들 위로 환한 불빛이 쏟아져내리고 있었다.

숙녀들이 먼저 살롱으로 들어왔고 신사들이 뒤를 따랐다. 나는 그들에게 공손하게 인사를 했다. 한두 명은 고개를 숙이며 답례를 보냈지만 나머지는 그냥 빤히 쳐다볼 뿐이었다.

그들은 방 여기저기로 흩어졌다. 어떤 이들은 소파나 긴 의자에 반쯤은 누운 자세로 앉았고 어떤 이들은 탁자에 몸을 기울이고 꽃과 책을 바라보았다. 나머지는 난롯가에 모여 이런저런 이야기를 나누고 있었다.

그들 중에서 가장 두드러진 것은 잉그램 부인과 그 두 딸이었다. 셋 모두 여자로서는 큰 키였다. 잉그램 부인은 40대 중반으로 보였는데, 여전히 아름다웠지만 얼굴에는 오만한 표정이 역력했고 거드름 피우는 말투였다. 사납고 매서운 눈길이 내게 외숙모 리드 부인을 연상시켰다.

블랑슈와 메리는 같은 키에 똑같이 늘씬했다. 하지만 메리는 너무 호리호리했다. 반면 블랑슈는 사냥의 여신 아르테미스처럼 멋진 몸매를 하고 있었다.

그녀의 외모는 페어팩스 부인이 묘사한 그대로였다. 탐스러운 가슴, 매끄럽게 흘러내린 어깨선, 우아한 목, 검은 눈동자와 새까만 곱슬머리 등, 모든 것이 내 그림 속의 그녀였다. 하지만 얼굴은 달랐다. 주름만 없었을 뿐 그녀의 얼굴은 자기 엄마 얼굴의 판박이였다. 좁은 이마와 또렷한 이목구비에서는 오만함이 넘쳤다. 아름답긴 했지만 그녀의 얼굴에는 내가 그린 얼굴에서 볼 수 있는 고결함이 없었다.

얼마 후 그녀는 피아노를 연주했다. 연주 솜씨가 뛰어났다. 그녀는 노래도 했다. 아름다운 목소리였다. 그녀는 어머니와 프랑스어로 말을 나누기도 했는데 발음도 정확했다.

커피가 들어왔고 모두 식탁으로 갔지만 나는 후미진 구석에 앉아 있었다. 다행히 창문 커튼이 내 몸을 반쯤 가려주었다. 도대체 로체스터 씨는 어디 가고 보이지 않는 것일까?

마침내 그가 왔다. 그가 오는 쪽으로 애써 눈길을 돌리지 않았지만 그가 들어왔음을 알았다. 손에 들고 있던 뜨개질감에 정신을 집중하려고 노력했다. 하지만 어쩔 수 없이 마지막으로 그를 보았을 때의 모습이 떠올랐다. 그는 내 손을 잡고 나를 보고 있었다. 그때 그 눈빛! 너무도 가슴이 벅차 터지기 일보 직전인 것처럼 나를 내려다보던 그 눈빛! 그는 나와 얼마나 가까웠던가! 그런데 지금은 마치 모르는 사람처럼 얼마나 멀어진 것인가! 나는 그와 너무 멀어져서 그가 내게 다가와 말을 걸리라는 기대도 할 수 없었다. 정말로 그는 나를 쳐다보지도 않은 채 응접실 저쪽 끝에 앉아서 다른 숙녀들과 이야기를 나누고 있었다.

그가 나에게 눈길을 주지 않는 게 확실해 보이자 나는 눈을 들어 그를 바라보았다. 나는 그를 뚫어지게 바라보며 다른 사람들과 비교해보았다. 분명히 다른 남자들이 그보다 멋진 모습이었고 미남이었다. 하지만 그들은 내게 아무런 느낌도 주지 않았다. 그를 바라보는 것만으로도 내 가슴은 뛰었고 뭐라고 표현하기 힘든 기쁨을 느꼈다.

하지만 그는 여전히 내게는 눈길도 주지 않은 채 잉그램 양 자매와 그녀 부모들과 이야기를 나누고 있었다. 이어서 그들은 피아노를 치고 노래를 불렀다. 나는 이때가 빠져나갈 좋은 기회라고 생각하고 내가 앉아 있던 구석진 곳에서 슬며시 일어나 남들 모르게 살짝 방에서 나왔다.

방에서 나온 나는 현관홀로 이어지는 복도를 걸어갔다. 그때였다. 등 뒤에서 식당 문이 열리는 소리가 들리더니 남자 한 명이 나왔다. 로체스터 씨였다. 곧 우리는 얼굴을 마주하게 되었다. 그가 내게 물었다.

"살롱에서 왜 내게 와서 말을 걸지 않은 거요?"

나는 그 질문을 고스란히 그에게 되돌려주고 싶었다. 하지만 그런 실례를 저지르고 싶지 않아 조용히 대답했다.

"너무 바쁘신 것 같아서요. 방해되고 싶지 않았습니다."

"내가 없는 동안 어떻게 지냈소?"

"특별한 건 없었습니다. 평소처럼 아델을 가르쳤지요."

"안색이 전보다 안 좋은 것 같아. 무슨 일이 있었소?"

"아무 일도 없었습니다."

"그렇다면 빨리 응접실로 다시 돌아가시오. 도망가기에는 너무 일러."

"좀 피곤해서 돌아가 쉬고 싶습니다, 주인님."

그는 잠시 나를 바라보았다.

"좀 우울해 보여. 자, 말해봐요. 정말 아무 일도 없었소?"

"정말 아무렇지도 않습니다. 우울하지 않습니다."

제17장

"아냐, 확실히 뭔가 있어. 너무 슬픈 표정이야. 내가 말 몇 마디만 더 하면 눈물이 맺힐 것 같은데…… 저 봐, 벌써 눈물이 맺혔군. 저런, 한 방울이 바닥에 떨어졌네. 하인들 눈길만 없다면 왜 그러는지 정말 묻고 싶소. 하지만 오늘 밤은 그냥 보내주지. 그렇지만 손님들이 이곳에 머무는 동안 매일 저녁 살롱으로 오시오. 내 진정으로 원하는 거니 무시하지 마시오. 자, 가서 아델을 소피에게 데려가시오. 잘 자요, 나의…….."

그는 말을 멈추더니 입술을 깨물었다. 그리고 황급히 내 곁을 떠났다.

제18장

　　독자여, 여러분은 이제 내가 로체스터 씨를 사랑하게 되었음을 이미 눈치챘을 것이다. 그리고 나 자신도 그것을 깨달았다. 응접실에 사람들과 함께 있을 때, 그가 내게 눈길을 주지 않는다는 이유만으로 그를 사랑하지 않을 수는 없는 노릇이었다. 그가 잉그램 양과 즐겁게 이야기를 나누고, 잉그램 양이 그에게 다정한 눈길과 몸짓을 보인다고 해서 그를 사랑하지 않을 수는 없는 노릇이었다. 그녀가 내 곁을 지나면서 내게 경멸의 눈길을 보낸다고 해서, 또 그가 그녀와 곧 결혼할 수 있는 사이라고 해서 그를 사랑하지 않을 수는 없는 노릇이었다.

　　이런 상황 속에서 사랑을 식게 하거나 쫓아내게 할 것은 아무엇도 없었다. 물론 나를 절망감에 빠뜨리는 것들은 많았다. 독자 여러분은 내 말에서 곧바로 질투심을 떠올렸을지도 모른다. 내가 잉그램 양을 향해 질투심을 느꼈으리라고 생각하는 것은 당연하다. 나 같은 신분의 여자가 잉그램 양 같은 신분의 여자에게 감히 질투심 같은 걸 느낄 수 있다면 말이다.

하지만 나는 그녀를 질투하지 않았다. 그러기에는 그녀의 자질이 너무나 모자랐다. 이런 역설적인 이야기를 하는 걸 독자 여러분은 용서해주기 바란다. 나는 진실을 이야기하고 있다.

그녀는 화려했지만 진실하지는 못했다. 그녀는 아름다웠고 재주도 많았지만 정신은 빈약했고 가슴은 천성적으로 메말라 있었다. 그 토양에서는 그 어떤 꽃도 피어날 수 없으며, 사람들의 입을 즐겁게 해줄 과일이 자연스레 익어갈 수도 없었다. 그녀는 자신의 감정을 큰 소리로 떠들긴 했지만 그녀에게는 타인에 대한 공감이나 연민의 감정은 없었다. 그녀에게는 다정함이나 진정성이 없었다. 아델의 신분에 대해 알고 나서 그녀가 아델을 대하는 태도가 그 본보기였다. 처음에는 그토록 그 애를 귀여워하는 척하더니 이제는 그 애가 곁에 가기만 해도 얼굴을 찡그렸고 그 애를 밀쳐냈다. 심지어 그 애보고 방에서 나가라고 명령하기까지 했다.

내 눈 외에 또 다른 눈 하나가 그녀의 그런 면모들을 유심히 지켜보고 있었다. 바로 로체스터 씨의 눈이었다. 그렇다. 그녀의 미래 신랑감이 그녀를 주도면밀하게 감시하고 있었던 것이다. 그의 명석함과 용의주도함이 그녀의 결점을 정확히 꿰뚫고 있었고 그의 눈에서는 그녀를 향한 열정이 조금도 보이지 않았다. 하지만 바로 그 사실 때문에 나는 나대로 고통스러웠다.

그렇다. 내가 고통스러운 건, 바로 그녀가 그의 마음에 절대로 들 수 없다는 것, 바로 그것 때문이었다. 만일 잉그램 양이 단번에 그의 사랑을 쟁취했다면 나는 두말없이 돌아서서 그들과 아무 연관이 없는 존재로 살아갔을 것이다. 만일 잉그램 양이 고결한 품성과 열정과 부드러움을 지닌 숙녀였다면 나는 질투와 절망감이라는 괴물들과 싸우다 지쳐 그녀를 동경하며 조용히 살아갔을 것이다.

하지만 현실은 그렇지 못했다. 잉그램 양은 로체스터 씨를 향해 무수히 많은 유혹의 말과 몸짓을 했지만 번번이 과녁을 빗나갔다.

'그와 저렇게 가까이 지낼 수 있는 특권을 누리면서도 왜 저렇게 실패만 거듭하는 걸까?'

나는 그녀가 그를 진정으로 좋아하지 않기 때문이라고 생각했다.

'그를 진정으로 좋아한다면 저렇게 헤프게 추파나 애교를 보낼 순 없을 거야. 저렇게 자기를 과시하기 위해 수다를 떨 필요도 없을 거야. 그저 그의 곁에 가만히 있으면서 두근거리는 가슴을 진정하느라 애를 쓰게 될 거야.'

나는 그녀와는 달리 어떻게 하면 실패하지 않을지 그 방법을 알고 있었다. 사실은 아주 간단했다. 그가 묻는 말에 그저 가식 없이 대답만 하면 되고, 필요할 때만 자연스럽게 그에게 말을 걸면 되는 거였다. 그것만으로 그를 기쁘게 할 수 있다. 나는 그가 잉그램 양을 향해 짓고 있는 딱딱하게 굳은 표정과는 다른 표정을 이미 그에게서 보았었다. 그건 내가 그에게 수다를 떨거나 아양을 떨 때가 아니었다. 실제로 나는 그래본 적도 없다. 다만 솔직하게 몇 마디 말만 해도 그의 표정은 더 밝아지고 그의 말은 더 부드러워졌으며 그의 행동은 더 친절해졌었다.

로체스터 씨는 손님들이 와 있는 중에도 가끔 볼일을 보기 위해 외출했다가 밤늦게 돌아오곤 했다. 어느 날 저녁 그가 외출했을 때였다. 만찬 시간이 다가와 모두 살롱에 모여 있었다. 그때 비 오는 자갈길에 마차가 삐걱거리며 굴러오는 소리가 들렸다. 창밖을 내다보던 아델이 "역마차가 와요!"라고 소리를 질렀고 사람들은 창밖을 내다보았다.

마차에서 한 남자가 내리더니 잠시 후 살롱으로 들어왔다. 여행복을 입고 있는 낯선 사람이었다. 로체스터 씨와 비슷한 연배로 보였으며 태도는 정중했으나 말투가 어딘가 이상했다. 그는 여자 중 가장 연장자인 잉그램 부인에게 정중히 인사한 후 말했다.

"제가 때를 잘못 택한 것 같습니다. 로체스터 씨가 안 계시는군요. 그와는 오랜 친구 사이입니다. 실례가 안 된다면 그가 돌아올 때까지 이곳에서 기다릴 수 있게 해주시겠습니까?"

그는 점잖았고 잘생긴 얼굴이었지만 가까이서 자세히 보니 불쾌하기까지는 아니더라도 사람 마음을 편치 않게 하는 구석이 어딘가 있었다. 그의 이목구비는 반듯했지만 뭔가 느슨해 보인다는 느낌이 들었다.

만찬이 끝나자 그는 곧 두세 명의 신사와 이야기를 나누었다. 나는 귀동냥을 통해 그의 이름이 메이슨이라는 것, 서인도 제도에서 살고 있으며 영국에는 방금 도착했다는 것을 알 수 있었다. 그래서 그런지 얼굴이 까무잡잡했다. 그를 자세히 보면 볼수록 그가 점점 더 싫어졌다는 것을 독자 여러분에게 밝힐 수밖에 없다. 그는 침착하지도 않았으며 박력도 없었고 멍한 갈색 눈은 흐리멍덩해 보이기까지 했다.

모두 이런저런 이야기에 몰두해 있을 때였다. 뜻밖의 사건이 벌어졌다. 정복을 입은 하인 샘이 난로에 석탄을 더 넣기 위해 방으로 들어왔다. 난로에 석탄을 지핀 후 그가 방을 나가면서 에시턴 씨가 앉아 있는 의자 옆에 서더니 귀에 대고 뭐라고 낮은 목소리로 속삭였다. 그러자 에시턴 씨가 일어나서 사람들에게 큰 소리로 말했다.

"여러분, 샘이 말하기를 집시 할멈 한 명이 느닷없이 들어오더니 여러분의 점을 쳐주겠다고 우기고 있답니다. 지금 하인방에 있다는데 여러분 중 혹시 그 할멈을 만나보고 싶은 분이 계신지요?"

그러자 잉그램 부인이 외쳤다.

"아니, 대령님, 그런 말도 안 되는 짓을 하라고 권하시는 건 아니겠지요!"

문가에 있던 샘이 말했다.

"저도 쫓아내려고 했습지요. 하지만 아무리 내보내려 해도 막무가내입니다."

그러자 피아노 옆에 앉아 있던 블랑슈 잉그램 양이 잉그램 부인에게 말했다.

"엄마, 그러지 마세요. 제 앞날이 어떻게 될지 한번 점을 쳐 보고 싶어요. 여러분들도 모두 궁금하지 않으세요?"

그녀의 말에 모두 할멈을 불러오라고 한마디씩 했고 잉그램 부인은 물러섰다.

하인은 주저주저하면서 말했다.

"그런데, 저, 이곳에 들어오지 않겠답니다. 그 추한 할멈 말을 그대로 전해드려도 될지…… 어중이떠중이들 앞에 나서는 건 점술가 체면에 할 수 없는 일이랍니다. 자기를 아무도 없는 방으로 안내한 후 한 사람씩 들어오라고 했습니다."

그러자 블랑슈 양이 말했다.

"어머, 진짜로 용한 점쟁이인가봐. 그 할멈을 빨리 서재로 옮겨요. 내가 제일 먼저 갈 거야."

샘이 사라지더니 잠시 후 되돌아왔다.

"준비되었습니다. 그런데 신사분들 점은 안 본답니다. 결혼하신 부인들도요. 미혼의 아가씨들만 점을 보겠답니다."

그런데 샘의 표정이 묘했다. 웃음이 터져 나오는 것을 억지로 참는 것 같았다.

그의 말이 끝나기가 무섭게 블랑슈 양이 도도한 자세로 밖으로 나갔다.

몇 분이 아주 느리게 흘러갔다. 15분쯤 되었을까 서재 문이
열리는 소리가 들리더니 잠시 후 그녀가 돌아왔다. 모두의 눈
길이 호기심에 차서 그녀를 향했다. 그녀는 그 눈길에 차가운
눈길로 답한 후 자기 자리에 가서 말없이 앉았다. 당황한 것 같
지도 않았고 즐거운 것 같지도 않았다.

"언니, 뭐라고 그래?"

메리 양이 물었다.

"어머, 뭐 그렇게들 진지한 표정들이세요? 이 집에 진짜 마
녀라도 와 있다고들 생각하시는 것 같아요. 그냥 뜨내기 집시
노파일 뿐이에요. 내일이라도 어디 갖다 가두는 게 낫겠어요."

블랑슈 양은 책을 집어 드는 것으로 더 이상의 질문을 막았
다. 나는 그녀를 유심히 살펴보았다. 그녀는 책장을 넘기지도
않았다. 그녀의 얼굴이 점점 어두워지는 것을 알 수 있었으며
뭔가 불만에 찬 표정, 실망감에 찬 표정이었다. 그걸로 봐서 그
녀는 노파가 친 점을 믿고 있는 게 분명했다.

남은 세 명의 아가씨들도 점을 보고 싶어했다. 하지만 그녀
들은 혼자 가는 건 뭔가 겁이 난다고 말했다. 그녀들은 샘의 중
재로 한꺼번에 와도 좋다는 노파의 허락을 받아냈다.

그녀들의 방문은 블랑슈 양 때처럼 조용히 진행되지 않았다. 그녀들이 들어간 서재에서는 깔깔거리는 웃음소리, 어머나, 하는 나지막한 비명들이 새어 나왔다. 20여 분이 지나자 세 명은 서재에서 나왔다. 모두를 반쯤은 무서움에 질린 모습이었다.

그녀들은 한목소리로 말했다.

"정말 이상한 노파야! 세상에 어떻게 그런 일이! 우리들에 대해 모든 걸 알고 있잖아!"

사람들이 궁금해서 노파가 무슨 말을 했느냐고 묻자 그녀들은 자기들 어릴 때 일을 모두 알고 있으며 자기네들 집 안에 어떤 게 있는지 정확히 맞추었다고 말했다. 심지어 자기들이 지금 무슨 생각을 하고 있는지도 맞추었으며 자신들의 소망까지도 맞추었다고 단언했다.

그녀들이 반쯤은 놀라고 반쯤은 두려움에 그런 이야기들을 하고 있을 때 누군가 내 뒤에 와서 헛기침했다. 뒤돌아보니 샘이었다.

"선생님, 집시 할멈 말이 이 방에 아직 점을 보지 않은 아가씨가 있다고 하더군요. 그리고 모든 처녀의 점을 보기 전에는 절대로 이 집에서 나가지 않겠다고 우기고 있어요. 선생님을 말하는 거지요. 어떻게 하시겠습니까?"

"물론 가봐야지."

잔뜩 호기심이 동해 있던 차에 잘되었다고 생각하고 나는 남들 모르게 슬쩍 살롱에서 빠져나왔다. 모두 아직 흥분해 있는 세 명을 둘러싸고 있어서 나는 그 누구의 눈에도 띄지 않았다.

제19장

　　내가 서재로 들어갔을 때 그 안은 조용했다. 점쟁이는 벽난로 가의 안락의자에 태연하게 앉아 있었다. 노파는 붉은 외투를 걸치고 검은 모자를 쓰고 있었다. 좀더 정확히 말한다면 챙이 아주 넓은 집시 모자를 썼으며 모자 양옆으로 손수건을 늘어뜨려 턱 아래에서 묶어놓고 있었다.

　　나는 난롯가에서 멀찌감치 떨어져 있었다. 그녀는 책을 읽고 있다가 천천히 고개를 들었다. 넓은 모자챙 그늘이 그녀의 얼굴 일부분을 가렸지만 아주 이상하게 생긴 얼굴이라는 것은 알 수 있었다. 얼굴빛이 온통 흑갈색이었고 턱밑까지 감싼 손수건 아래로 머리카락들이 삐죽삐죽 나와 있었다. 그녀가 눈초리만큼이나 거슬리는 말투로 내게 말했다.

"그래, 아가씨도 점을 치러 오셨나?"

"상관없어요. 뭐 좋을 대로 하세요. 저는 점 같은 건 믿지 않아요."

"내 짐작대로 무례하군. 이 문으로 들어올 때 발소리를 듣고 이미 그런 줄 알았지. 떨지도 않네."

"춥지 않거든요."

"얼굴빛도 안 변했어."

"아프지도 않은데요."

"왜 나보고 점을 쳐달라고 부탁하지 않는 거지?"

"나는 바보가 아니에요."

"아냐, 너는 춥고 아픈데다 바보야."

"어디 증명해보세요."

내가 항변했다.

"내가 간단하게 증명해보지. 아가씨는 추워. 외롭기 때문이지. 그 누구를 만나도 아가씨 마음에는 불이 붙지 않아. 그러니 춥고 외로운 거야. 너는 병들었어. 인간에게 주어진 감정 중에서 가장 훌륭하고 가장 숭고하고 가장 달콤한 감정을 아가씨가 멀리하기 때문이야. 아가씨는 바보야. 그토록 마음의 고통을 겪고 있으면서도 그 숭고한 감정을 가까이 불러들이지 않으려

해. 그 감정이 아가씨를 기다리고 있는데도 그것을 향해 한 발자국도 옮기지 않지."

"저는 그런 수수께끼 같은 말은 몰라요."

"좀 더 똑똑히 듣고 싶으면 무릎을 꿇고 나를 향해 머리를 들어봐. 아가씨의 얼굴에 모든 게 다 나와 있으니까."

나는 그녀와 반 야드 정도 떨어진 곳에 무릎을 꿇고 앉았다. 왠지 그래야 할 것 같았다.

그녀가 내게 말했다.

"자, 저 살롱에 있는 사람 중에 아가씨의 관심을 끄는 사람은 없나? 그 누구의 얼굴도 유심히 살펴보는 사람이 없나?"

"저는 모든 사람 얼굴을 관찰하길 즐겨요."

"그중에 특히 주목하는 사람은 없나?"

"저는 거기 모인 분들을 거의 다 모르는 걸요. 그 누구하고도 이야기를 나누어보지 않았어요."

"아무도 모르고 아무하고도 이야기를 나누지 않았다고? 이 집 주인과도 이야기를 나누어보지 않았다고 우길 참인가?"

"그분은 지금 이곳에 안 계세요."

"그 정도는 나도 알아. 오늘 밀코트에 가서 오늘 밤이나 내일 돌아오게 되어 있지. 그렇다고 해서 그 사람을 남자들 목록에서 빼버리는 거야?"

"지금 여기서 왜 그분 이야기를 꺼내는 건지 저는 잘 모르겠
어요."

"그래, 모든 숙녀가 그를 향해 온갖 미소를 보낸다는 것도 나
는 알고 있지. 그도 상냥하게 아가씨들을 대하고 있고. 그런 건
관찰하지 않고 있다는 건가?"

노파의 이상한 이야기와 목소리, 태도 등으로 인해 나는 마
치 꿈꾸는 것 같은 분위기에 휩싸였다. 그녀의 말을 들으니 나
는 마치 신비스런 거미줄에 얽힌 것 같았다. 마치 눈에 보이지
않는 요정이 몇 주 동안 내 심장 가까운 곳에서 그 움직임을 지
켜보고 그 고동 소리를 하나하나 기록하는 것만 같았다.

내가 가만히 있자 점쟁이 노파가 다시 입을 열었다.

"로체스터 씨는 몇 시간이고 그 유혹의 목소리에 귀를 기울
이며 그녀들 곁에 있었지. 그는 그녀들이 보내는 찬사에 흡족
해했고 그녀들이 자신을 즐겁게 해주어서 고마워하는 것 같았
어. 그런 건 관찰하지 않은 거야?"

"고마워했다고요? 그분의 얼굴에서 그런 표정은 찾아내지
못했어요."

"찾아내지 못했다고? 그렇다면 살펴보기는 했다는 소리로

군! 그래 고마워하는 표정이 아니라면 뭘 찾아낸 거지?”

나는 대답하지 않았다.

“아마 사랑을 보았겠지. 맞지? 그리고 그의 미래를 보았겠지. 결혼한 그의 모습과 행복한 그의 부인의 모습을.”

“흥, 틀린 것 같네요. 당신 같은 마녀도 가끔 실수를 하나보지요?”

“그렇다면 도대체 뭘 보았다는 거지?”

“상관 마세요. 저는 여기 물어보러 온 거지 고백하러 온 게 아니에요. 로체스터 씨가 결혼은 하게 될까요?”

“그렇게 될 거야. 그런 후 완벽하게 행복한 한 쌍을 이루겠지. 아가씨는 감히 그걸 의심하는 모양이지만 그럴 자격도 없고 그런 의심은 근거도 없어. 그는 그렇게 가문 좋고 아름다우며 재치 있고 교양이 넘치는 여자를 사랑할 수밖에 없어. 그녀도 로체스터 씨를, 최소한 그의 돈을 사랑하는 건 틀림없고. 그녀가 그의 재산을 최고의 결혼 조건으로 생각하고 있는 걸 나도 알아. 좀 전에 그녀에게 그 이야기를 얼핏 해주었더니 아주 심각해지더군. 그녀와 결혼하려는 남자에게도 조심하라고 충고를 해주고 싶어. 그보다 더 재산이 많은 남자가 그녀 앞에 나타난다면 금세 자리를 빼앗기게 될 거라고.”

“저는 로체스터 씨의 미래가 궁금해서 온 게 아니에요. 제 미래가 궁금해서 온 거예요. 그런데 아직 아무 말씀도 안 해주시네요.”

“아가씨 미래는 아직 불투명해. 아가씨의 얼굴을 보니 두 가지가 서로 충돌하고 있어. 운명의 여신이 아가씨에게 행운을 준비해놓고는 있어. 눈이나 입은 그걸 받을 만해. 눈은 이슬처럼 빛나며 부드럽고 감정이 풍부해. 입도 많은 말을 하게 생겼어. 웃기도 잘하고 상대방에게 애정을 보여주기도 해. 하지만 문제는 이마야. 주어진 행운을 밀어내고 있어. 거기에는 이런 게 쓰여 있어. ‘내 자존심과 상황 때문에 그래야만 한다면 나는 혼자 살 수 있다. 행복을 위해 내 영혼을 파는 짓은 할 수 없다. 굳건한 내 이성이 내 감정의 고삐를 단단히 쥐고 있다. 내 이성은 감정이 제멋대로 구렁텅이에 빠지는 걸 막아주고 있다’고.”

거기까지 말한 후 그녀의 목소리가 갑자기 변했다.

“하지만 나는 그 이마를 존중하지 않아. 나는 미소와 애정을 원해. 나는 뭔가를 자라나게 하고 싶지 말라죽게 하고 싶지는 않아. 오, 내가 이제 완전히 헛소리하고 있군. 이제까지는 그래도 나를 꾹 눌러왔는데…… 여기까지는 내가 결심한 대로 말하고 행동했지만 더 이상 안 되겠군. 여기까지가 내 힘의 한계야.

자, 에어 선생, 일어나시오. 그만 나가보시오. 연극은 끝났소.”

내가 꿈을 꾸고 있던 것일까? 아직도 꿈을 꾸고 있는 것일까? 변한 노파의 목소리, 억양, 그리고 몸짓은 마치 거울에 비친 내 모습처럼 너무나도 익숙했다. 나는 일어섰다. 하지만 밖으로 나가지는 않았다. 점쟁이 노파가 모자를 벗고 변장한 옷을 벗어 던지자 놀랍게도 그것은 바로 로체스터 씨였다.

“제인, 나를 알아본 거요? 내가 내 역할을 제대로 연기했나? 어떻게 생각하오?”

“주인님은 나를 정신없게 만들었어요. 터무니없는 이야기들을 해서 저도 덩달아 터무니없는 이야기를 하게 만들었어요. 그건 옳은 일이 아니에요.”

“나를 용서해주겠소, 제인?”

“좀 더 깊이 생각해보기 전에는 대답을 못 해드리겠어요. 그런 후 내가 너무 바보 같은 짓을 한 게 아니라고 생각되면 그때는 용서해드리지요.”

나는 다시 이 방에 들어와서 내가 한 말, 내가 한 행동들을 되새겨보았다. 그리고 안심이 되었다. 나는 처음부터 경계하고 있었다. 누군가 가면을 쓰고 위장한 것은 아닌가 의심도 했었다. 노파가 진짜 집시 점쟁이라면 이런 식으로 말하지는 않을 텐데 하는 생각도 했었다. 하지만 나는 노파가 로체스터 씨라고는 조금도 생각하지 못했었다. 그래서 나는 속에 가진 내 생각을 분명하게 말할 수 있었다.

생각에 잠긴 나를 보고 그가 말했다.

"무슨 생각을 하고 있는 거요? 미소를 띠고 있구려."

"자신에게 놀라기도 하고 대견하기도 해서요. 참, 주인님, 낯선 손님 한 분이 찾아오신 건 모르시지요?"

"낯선 사람이라니? 아무도 약속한 사람은 없는데."

"메이슨 씨라고 했어요. 서인도제도의 자메이카에서 오셨다고 하던데요."

내 입에서 그의 이름이 나오자 그는 내 손을 꽉 쥐었고 미소를 띠고 있던 얼굴이 굳었다. 큰 충격을 받은 것 같았다.

"메이슨! 서인도제도!"라고 말하고 그는 몇 번이나 반복해 중얼거렸다.

"주인님, 어디 편찮으세요?"

그는 의자에 앉더니 나도 곁에 앉으라고 했다. 그가 포도주를 한 잔 갖다달라고 해서 나는 식당으로 가서 포도주를 한 병 들고 다시 그에게 왔다. 모두 즐거운 이야기를 나누느라 내게는 눈길도 주지 않았다.

내가 돌아오자 포도주로 목을 축이더니 그가 말했다.

"제인, 사람들이 어떻게 하고 있던가? 뭔가 심각한 표정들이 아니던가?"

"아뇨, 즐겁게 이야기를 나누고 있던데요."

"메이슨은?"

"그 사람도 즐거운 표정이었어요."

"제인, 내 한 가지 묻겠소. 그 사람들이 모두 한패가 되어 내게 침을 뱉으려 한다면 당신은 어떻게 하겠소?"

"할 수만 있다면 그들을 모두 방에서 쫓아내겠어요."

"만일 당신이 내 곁에 있는 걸 금한다면? 그러면 어떻게 하겠소?"

"아무 상관없어요. 아무도 저보고 이래라저래라 할 수 없어요. 제가 옆에 꼭 붙어 있어줘야 할 사람인가 아닌가는 제가 판단하는 거지요."

"자, 이제 살롱으로 가시오. 메이슨에게 내가 이 방에서 그를 기다리고 있다고 남들 몰래 말하시오. 그를 이리로 데려온 후 선생은 선생 방으로 가도록 하시오."

나는 그가 시키는 대로 한 후 2층 내 방으로 갔다. 내가 침대에 누운 지 한참 후에 손님들이 각자 자기 방으로 가는 소리가 들렸다. 손님들 목소리 중에는 "이리 오게, 메이슨. 이게 자네 방이야"라는 로체스터 씨의 목소리도 있었다. 쾌활한 목소리였고 나는 그 목소리에 안심되어 곧바로 잠에 빠져들었다.

제20장

　　그날 나는 침대 커튼을 내리는 걸 깜빡 잊고 잠이 들었다. 잠을 자다가 환한 달빛이 창문을 두드리는 바람에 잠에서 깨어났다. 나는 커튼을 내리기 위해 몸을 반쯤 일으켰다.

　　오, 맙소사! 그때 너무나 끔찍한 비명이 들려온 것이다. 맥박이 멎고 심장이 정지해버린 것 같았으며 뻗었던 팔은 그대로 얼어붙었다.

　　비명은 3층에서 나고 있었다. 싸움 소리가 들렸다. 그 소리로 보아 치열한 싸움임이 틀림없었다. 이어서 거의 숨넘어가는 고함이 들렸다.

　　"사람 살려! 아무도 없어요? 로체스터, 제발 이리 와줘요!"

나는 대충 옷을 입고 밖으로 나왔다. 사람들이 모두 방에서 나와 도대체 무슨 일이냐고 웅성대고 있었다. 그때 복도 끝의 문이 열리고 손에 촛불을 든 로체스터 씨가 나타났다. 그는 위층에서 내려온 것이었다.

그가 사람들에게 큰 소리로 말했다.

"자, 아무 일도 아닙니다. 하녀 한 명이 악몽을 꾼 모양입니다. 신경이 예민한 하녀입니다. 그게 다입니다. 꿈에서 유령이라도 보고 무서운 소리를 지른 겁니다. 자, 방으로들 들어가셔서 부인들을 달래주십시오."

나는 밖으로 나올 때와 마찬가지로 그 누구의 눈에도 띄지 않고 살며시 방으로 들어왔다.

하지만 도저히 잠을 이룰 수 없었다. 나는 옷을 제대로 챙겨 입었다. 다른 사람들은 비명만 들은 모양이었지만 나는 외치는 소리도 분명히 들었다. 그 소리가 바로 내 위에서 났기 때문이다. 나는 그 소리가 절대로 악몽을 꾼 하녀의 외침이 아니라는 것을 확신하고 있었다. 그 이상한 비명과 싸움 그리고 외침에 이어 그 무언가 사건이 일어날 것만 같았다.

하지만 조용했다. 웅성거리는 소리도 잦아들었고 손필드 장은 다시 이전처럼 적막에 잠겼다. 달이 기울고 있었다. 바로 그

때였다. 누군가 가볍게 내 방문을 두드리는 소리가 들렸다. 방문을 열어보니 로체스터 씨가 손에 촛불을 들고 복도에 서 있었다.

그가 말했다.

"마침 옷을 입고 있었군요. 당신이 필요하오. 조용히 나를 따라오시오."

그는 복도를 지나 위층으로 올라가더니 어둡고 음침한 복도에서 걸음을 멈추었다. 그를 뒤따르던 나도 그 자리에 섰다.

그가 내게 물었다.

"피를 보게 되더라도 견딜 수 있겠지?"

"아직 그런 경험은 없지만 괜찮을 것 같아요."

"자, 손을 이리 줘요. 당신이 기절이라도 하면 큰일이니."

나는 그의 손가락에 깍지를 꼈고 그가 문을 열었다. 페어팩스 부인이 저택 구석구석을 내게 구경시켰을 때 본 적이 있던 방이었다. 양탄자 한 자락이 들려진 곳에 숨겨진 문이 드러나 있었다. 문이 열려 있는 그 방에서 마치 개가 싸울 때처럼 으르렁거리는 소리와 무언가 잡아채는 소리가 들렸다. 그가 그 방으로 들어가자 웃음소리가 들렸다. 그렇다. 내가 가끔 듣곤 하던 그레이스 풀의 웃음소리였다. 방을 정돈하는 소리가 들리더니 그가 다시 밖으로 나왔다.

그가 나를 방의 다른 쪽 구석으로 데려갔다. 커다란 침대를 돌아 건너편으로 가니 꽤 큰 공간이 있었고 의자에 셔츠 차림의 남자가 고개를 뒤로 젖힌 채 앉아 있었다. 메이슨 씨였다. 얼굴은 창백하고 셔츠 한쪽과 팔이 피로 흠뻑 젖어 있었다.

로체스터 씨는 내게 촛불을 건네고 스펀지를 물에 담그더니 그의 얼굴에 적셔주었다. 그러고는 식염수를 묻힌 솜을 코앞에 갖다 댔다. 그러자 메이슨 씨가 눈을 떴다. 로체스터 씨가 그의 셔츠를 벗기자 붕대가 감긴 팔과 어깨가 드러났다. 아직 피가 뚝뚝 떨어지고 있었다. 로체스터 씨는 솜으로 피를 닦은 후 말했다.

"내가 의사를 데려올 테니 좀 참고 있게."

그러더니 그가 나를 보고 말했다.

"제인, 한두 시간 이 사람을 당신에게 맡기겠소. 별일은 없을 거요. 다시 의식이 가물가물해지면 저기 저 식염수로 입술을 축여주고 코를 문질러줘요. 하지만 절대로 말은 걸지 마시오. 리처드, 자네도 절대로 제인 선생에게 말을 걸지 말게. 말을 하면 생명이 위험해져. 그저 가만히 있어야만 하네."

말을 마치고 밖으로 나간 그의 발소리가 멀어졌다.

이 낯선 사내와 함께 있는 동안 내게 들었던 오만 가지 생각을 어찌 다 표현할 수 있을까? 더욱이 나는 그레이스 풀이 바로 저 안에 있다는 것을 알고 있었다. 한밤중에 알지 못할 화재를 일으키고 이런 참사를 불러일으킨, 저 여자 모습을 한 괴물, 그레이스 풀은 도대체 누구일까? 이 사람은 누구이기에 거기에 얽혀든 것일까? 그는 왜 모두 잠든 시각에 여기 올라온 것일까? 왜 로체스터 씨는 나와 이 사람에게 입을 다물라고 했고, 이 사람은 순순히 그에 복종하는 것일까? 로체스터 씨는 왜 이 모든 것을 비밀로 하려는 걸까? 이 사람이 왔다는 소리를 들었을 때 로체스터 씨는 왜 그렇게 당황했던 것일까? 왜 마치 이 세상 마지막을 맞이한 것처럼 얼굴빛이 변했을까?

나는 그렇게 생각에만 몰두해 있었던 것이 아니다. 한쪽 신경을 저 비밀의 방을 향해 곤두세운 채, 수시로 메이슨 씨의 팔에서 흐르는 피를 닦았고, 그의 정신이 가물가물해지면 얼굴을 물로 적시고 코에 식염수를 갖다 댔다. 그러는 사이 창문으로 새벽빛이 어스름하게 비치기 시작했다.

로체스터 씨는 집을 나간 지 한 시간이 조금 더 되어서 돌아왔다. 하지만 내게는 마치 몇 주일이 흐른 것 같았다. 그는 의사와 함께 방으로 들어섰다. 그가 의사에게 말했다.

"자, 그를 잘 돌봐주시오. 30분 내로 상처를 돌보고 밖으로 데리고 나가야 하오. 그의 몸이 회복될 때까지 그를 당신 집에 데리고 있어주시오. 하루나 이틀 뒤에 내가 보러 가겠소."

얼마 후 우리는 모두 환자를 부축하고 밖으로 나갔고 곧이어 그를 태운 역마차가 멀어졌다. 벌써 시간이 새벽 5시 반이었다. 이제 내 역할이 끝났다고 생각하고 안으로 들어가려 했다. 그러자 뒤에서 로체스터 씨가 나를 부르는 소리가 들렸다.

"제인, 신선한 공기를 조금 마시고 들어가요. 당신, 정말 이상한 밤을 보냈지. 메이슨과 단둘이 남겨놓았을 때 무섭지 않았소?"

"안쪽 방에서 누가 나올까봐 무서웠어요."

"내가 문을 잠가놓았으니 괜찮았소. 열쇠는 여기 내 주머니에 있었지. 내 귀한 어린양을 이리 굴 앞에 방비도 없이 내버려뒀다면 나는 정말 무책임한 양치기였겠지. 당신은 안전했소."

"그레이스 풀을 계속 이 집에 데리고 계실 건가요? 그녀가 이 집에 있는 한 주인님이 안전하지 않으실 것 같아요."

"걱정하지 말아요. 나는 신중한 사람이니까."

"이제 어젯밤 같은 일이 다시 벌어질 거란 걱정은 안 해도 되는 건가요?"

"메이슨이 영국을 떠나기 전까지는 확신할 수 없소. 아냐, 그 후에도 안심할 수는 없지. 제인, 내게 있어 산다는 것은 언제 폭발할지 모르는 분화구 옆에 서 있는 것과 같다오."

"하지만 메이슨 씨는 주인님께 고분고분하던데요. 주인님께 맞서거나 해를 끼칠 것 같지는 않았어요."

"사실이오. 내게 반항할 사람이 아니고 내게 일부러 해를 끼칠 사람도 아니오. 이제 더 이상 내게 그런 짓을 할 수는 없지. 하지만 자기도 모르는 새, 입을 뻥긋해서 내 목숨까지는 아니더라도, 내 행복을 영영 빼앗아갈 수 있는 사람이지."

우리는 정원 정자에 앉아 몇 마디 이야기를 나눈 후 안으로 들어갔다. 나는 아직 그의 말을 완전히 이해할 수 없었고, 그의 마음을 읽을 수 없었다.

큰글자 세계문학컬렉션 26

제인 에어 1

펴낸날	초판 1쇄 2019년 11월 25일

지은이	샬럿 브론테
편 역	진형준
펴낸이	심만수
펴낸곳	(주)살림출판사
출판등록	1989년 11월 1일 제9-210호

주소	경기도 파주시 광인사길 30
전화	031-955-1350 팩스 031-624-1356
홈페이지	http://www.sallimbooks.com
이메일	book@sallimbooks.com

ISBN	978-89-522-4127-6 04800
	978-89-522-4101-6 04800 (세트)

※ 값은 뒤표지에 있습니다.
※ 잘못 만들어진 책은 구입하신 서점에서 바꾸어 드립니다.

이 도서의 국립중앙도서관 출판시도서목록(CIP)은 서지정보유통지원시스템 홈페이지
(http://seoji.nl.go.kr)와 국가자료공동목록시스템(http://www.nl.go.kr/kolisnet)에서
이용하실 수 있습니다.(CIP제어번호: CIP2019047404)